私は悪役令嬢になんかなりません。『普通』の公爵令嬢です！ 5
ロザリンド＝ローゼンベルク
乙女ゲームの悪役令嬢ロザリアに転生した元日本人。ロザリアと元日本人の渡瀬凛が融合しロザリンドと名乗るように。トラブル吸引力がはんぱない。
呪いを抑える腕輪の対価はまさかの「お米」!?
ジュティエス＝ウルファネア
ウルファネアの第三王子。
ジューダス＝ウルファネア
ウルファネアの第二王子。

ハル
特殊な風の精霊。
ロザリンドの
加護精霊その2。
「緑の豊穣！」
ゴラちゃん
マンドラゴの精霊。
ロザリンドの加護精霊
その4。
アリサ
マグチェリアの精霊。
ロザリンドの加護精霊
その3。

ヴァルキリー
ロザリンドが戦乙女の指輪を
最高出力で作動させた結果
生み出された巨大ロボット。
自由自在に変形でき、
攻撃威力も絶大。
スイ
高位の緑の精霊。
ロザリンドの加護精霊
その1。

「ついにアタシの出番ね！」
チタ
光の薔薇の精霊。

悪役令嬢になんかなりません。私は『普通』の公爵令嬢です！

5

明。

illustration
秋咲りお

口絵・本文イラスト
秋咲りお

装丁
おおの蛍（ムシカゴグラフィクス）

Contents

プロローグ　ウルファネアでの出来事

とある乙女ゲームの悪役令嬢ロザリアに転生した日本人の私こと、渡瀬凛《わたせりん》。ロザリア本人と協力し、融合してロザリンドとなった。ウルファネアで大海嘯《だいかいしょう》に巻き込まれたが、中二病の大暴発により生まれたヴァルキリーと力技で殲滅《せんめつ》！　さらに、ウルファネア国王の暗殺未遂事件も華麗に解決！

この調子で、目指せ死亡フラグ回避！　目指すはモフモフとの素敵なスローライフ！

第一章　お友だちと約束

学校に行ってから解散となりました。ディルクは騎士団で報告しろと騎士さん達にさらわれちゃいました。お仕事頑張ってね。

さて、帰ろうと思ったらアルフィージ様とカーティスに捕獲されました。

「父上に報告しなきゃならないからね。私に話してないことがあるね？　大海嘯はたまたまだが、毒やユグドラシル……盗みを犯した少年に対する不自然なふるまい……洗いざらい話してもらうよ？」

あ、これ逃げられないパターンだ。私は涙目で兄に助けを求めた。

「僕も同罪かな？　ラビーシャ、ポッチ、僕らはアルフィージと話すことがあるから先に帰っていて」

「私はご主人様のメイドです。できれば同席させていただきたいです。ミケルへの処遇もあります。よろしいですか？」

「ぼ、僕もお姉ちゃんと帰りたいよ！」

「迎えが来ている可能性が高いし、きっとみんな心配してるから、私からも二人に頼みたいんだよね。ミケルとトサーケンは（ジャッシュと鉢合わせが困るから）応接室に居させて」

「かしこまりました」

「お姉ちゃん、じゃあおうちで待っているね」

こうして、私と兄はお城に連れていかれました。そして、ジャッシュについては伏せ、ユグドラシルと王様毒殺未遂事件について話しました。アルフィージ様は、頭を抱えてます。

「次からは、計画段階で私も交ぜてくれるかい？」

「嫌です」

私は即答した。アルフィージ様から冷気が吹き出す。怖いけど、引けません！

「アルフィージ様を関わらせたら、国としてウルファネアに何らかの要求を通しますよね？　私は当初ジェスがあそこまで権力を持っているとは知らなかったし、国としての要求を通そうとしていたら、対応が遅れてウルファネアに餓死者が多数出ていたかもしれない」

「ふむ、さすがは聖女だね」

皮肉げに笑うアルフィージ様。それに対して、きらきらした笑顔でアルディン様が言った。

「ロザリンドはヒーローみたいだな！」

「「…………」」

アルディン様、今のは皮肉ですよ。綺麗《きれい》事をと言われたんだよ。あ、真っ黒様が地味に弟の純粋さにダメージ受けてら。

「ロザリンドはスゴいな！　ユグドラシルは大丈夫になったのか？」

「あ、はい。休眠はやめて正常に活動していますし、私と兄が活性化させましたから大丈夫です」

「では、ウルファネアの民は飢えずに済むのだな。良いことをしたな！　他国とはいえ、民が飢えては可哀想《かわいそう》だ。肉祭では、みんな幸せそうだった。着いたときは、みんなどこか暗かったのが嘘《うそ》みたいにみんな笑っていた。ロザリンドはスゴいな！」

「ありがとうございます」

真っ黒様が苦笑しているわ。アルディン様、本当にありがとうございます。さすがの真っ黒様もこうなっては責められまい。

「ロザリンド、君が賢いことも強いことも知っているがあまり無茶はするなよ？　ちゃんと相談してくれ。兄上も国益がどうのとか言ったが、結局は君が心配なんだ」

「はい？」

いや、無いべ。うっかり訛《なま》ったが、ないよ。それはないよ、アルディン様。

あや？　なんでアルフィージ様赤いの？

「アルディン、正解」

へらっと笑うカーティスをアルフィージ様がどついた。痛くないらしくカーティスはヘラヘラしている。え？　マジで？

「あー、心配してくれて、ありがとうございます？」

「私は心配なんかしていない！」

「え？　兄上、相談してくれないとか水くさいって言っていましたよね？」

「マジで？」

思わず敬語が飛びました。えええ？　本当に？

「君に借りがあったからだ！」

「え？　数少ない対等な友達に頼られないのは悔しいって言っていましたよね？」

「げほっ⁉」

アルフィージ様がむせた。いや、珍しい。耳まで真《ま》っ赤《か》になって動揺していますよ。

「アルフィージ、仲間外れにしてごめんよ」

「ええ、私達はお・と・も・だ・ち☆ですものね。私も考えが足りませんでした。次からはちゃんと困ったら相談します。お友達、ですもの！」

「良かったですね！　兄上！」

「この悪魔きょうだいぃぃぃ‼」

ぶはははは、アルフィージ様が泣きました。珍しいわぁ。私達、予想外に好かれていたんですね。知らなかった。アデイルとヒューは意外だったのか固まっている。カーティスは笑いすぎて痙攣《けいれん》している。息はしなさいね。アルディン様はキョトンとしています。仕方ない。私と兄がアイコンタクトした。

「悪魔だなんて、僕らは友達じゃないか」

「酷《ひど》いですよ、アルフィージ様。私達、お友達じゃないですか」

「連携するな！　私をからかってそんなに楽しいか⁉」

「「楽しいです」」

「……からかっていたのか？　兄上は本当に二人を友人と思っていて、仲間外れが悲しかったのに」

「「すいませんでした！」」

揃《そろ》ってアルフィージ様に頭を下げました。

「悪かったよ。アルフィージは普段絶対に友人だからとか言わないから、嬉《うれ》しくてつい……」

「私もアルフィージ様にそこまで好かれているとは思っていなかったので、嬉しくてつい……」

「君達兄妹《きょうだい》は嬉しいとからかうのか？」

「「時と場合によります」」

「タチが悪い！」

「あはは」

「ふふふ」

「良かったですね、兄上」

「良くない！　全く……あれが君達の最善だったのは理解した。君達は我が国にとって……いや、我々にとって得難い人材だ。可能な限り協力するから、独りで無茶はするな」

「はい」

「特にロザリンド、だね。今回はちゃんと僕に頼ったからいいけど、危険なことをやらかしたとあとで聞かされたり、待つしかないのって本当に辛《つら》いんだと知っていて」

ええと……コウ事件とか私を囮《おとり》にしたやつですかね。我ながら心当たりがありすぎるな。

「は、はい……なるべくはします」

「『なるべく？』」

ぎゃあああ⁉　兄とアルフィージ様、超怖い‼

「だ、だって言えない時もあります！　言える時や協力が必要なら相談も報告もします！　そこは約束します！」

「はぁ……」

「大変だね、ルー。まぁ、嘘でも必ずと言わないのが彼女なりの誠意かな。約束したよ、ロザリンド嬢」

「はい。約束は基本破りません」

「ならいい。父上への報告は私達がしよう。家族も心配して待っているだろう。帰っていいぞ」

「ありがとうございます」


兄と手を繋《つな》いで城門をくぐると、見慣れた銀色が抱きついてきた。

「おかえりなさい、お姉ちゃん、ルーお兄ちゃん！」

「あ、ずるい！　マリーもお姉ちゃんとルーお兄ちゃんぎゅうする！」

「…………（にこにこ）」

「迎えに来たぞ」

我が家で面倒を見ている銀狼族のジェンド、白猫獣人のマリー、蛇獣人のネックスとフクロウ獣人のオルドが来ていた。

ジェンドとマリーとネックスのお出迎えはともかく、オルドはまずい！　君は暗殺者として断罪の場にいたおたずね者ですよ⁉　幸い城門の兵士さんは気がついてない！　私は即刻叫んだ。

「総員、全力で走れぇぇ‼」

「は？」

「かけっこ？」

「マリー負けないよ！」

「……（こくこく）」

「じゃあ俺は審判をしてやる」

「じゃあ、よーいどん！」

ちなみに、一位が私、二位マリー、三位ジェンド、四位ネックス、ビリは兄でした。

「は、なんで、きゅうに、かけっこ……」

「すいません、オルドがおたずね者だから焦りました」

「「「「あ」」」」

「…………………（びっくり）」

納得されました。最後はドタバタでしたが無事に帰宅しました。おうちでまったりしたいですね。

◇◇◇

ロザリンド＝ローゼンベルク、無事に帰還しました！

「おかえりなさいませ、お嬢様！　ルー坊ちゃま！　よくご無事で……！」

マーサに抱きしめられました。く、苦しい……。

「マーサ、ロザリンドが青くなっているよ⁉」

「まぁ、誰《だれ》がお嬢様をこんな目に⁉」

全員無言でマーサを指しました。兄がすぐ気がついてくれて助かりました。帰宅して気を抜いた時に絞殺されそうになるとかビックリですよ。ぶっちゃけ大海嘯より身の危険を感じました。

「申し訳ありません、お嬢様！」

「ただいま、マーサ」

「はい！　お帰りをお待ち申しあげておりました！」

マーサが嬉しそうに笑う。帰ってきたんだなぁ、と和んでいると、マーニャがやって来ました。

「お帰りなさーい、お嬢様、坊ちゃま。お嬢様達が大海嘯に巻き込まれたと聞いてメイド長大変だったんですよー、皿は割るわ、壁を割るわ」

「「………………」」

今、壁とか言わなかった？　マーサがボーッとしていて頭で壁を割ったらしい。マーサよ、普通

は割れないよ？　むしろ頭は（物理的な意味で）大丈夫なの⁉

「お嬢様が心配だったのです。私も修業が足りませんわ」

ある意味修業は足りている気がする。壁を割らないでください。皿はまぁ、仕方ない。

「お帰りなさいませ、お嬢様、坊ちゃま。お茶とお菓子を御用意しておりますのでテラスへどうぞ。みんな、お迎えご苦労様。ジェンド達の分のおやつもあるよ。手を洗ってからおいで」

ジャッシュは現れるなりテキパキと働きます。できる従僕はソツがありませんな。誰とは言わんが見習ってよ、息子は本当にできる子だよ！

「ジャッシュ、かがんで」

「はい」

素直にかがむジャッシュ。頭をナデナデしてやる。うむ、さらさら。耳はフカフカでなかなかのモフ心地。私はにっこりと微笑《ほほえ》んだ。

「ただいま、ジャッシュ。ルランに救援を頼んでくれてありがとう。本当に助かったよ。それから、お茶とお菓子も。疲れていたから、ありがたいな」

「はい！　少しでもお嬢様の助けになったなら嬉しいです！」

うわ、笑顔全開で尻尾《しっぽ》振っている。けなげなわんこだなぁ。和みます。

マーサとマーニャよ、舌打ちすんな。聞こえていますよ。

「お帰りなさい」

「「ただいま、母様」」

母からもぎゅっとされました。母いい匂《にお》いだし幸せです。

「奥様の分もお茶とお菓子を御用意しております。テラスでお嬢様達とお茶はいかがですか？」

「まぁ、ジャッシュちゃんありがとう」

みんなでテラスに行き、まったりとお茶会をしていたら、誰かが走ってくる気配がしました。

「主《あるじ》、おかえり！」

「はい、ただいま。ジェラルディンさん」

尻尾をぱたぱたしていると筋肉ムキムキなオッサンでも可愛《かわい》い気がする。不思議ですね。

「そういえば、ウルファネアでのことをジェラルディンさんから聞いていますか？」

「そうですね、『主がロッザリンドォォでごばーんとしてな。びかっとなってな、今は聖女で肉祭だ』と『うむ。主のばる……ロッザリンドォォはすごかったぞ。びかびか、ずどーんで、大半は主が倒したからな！』と『でかい奴《やつ》だ。鎧《よろい》で……弓がびかびか、ずどーんだった！』と言われましたが解《わか》りませんでした。かろうじて旦那《だんな》様とアークさんが通訳してくれましたけどね」

「うん。説明が下手《へた》そうだとは思っていたけど、予想以上だわ」

「もはや連想ゲームの域だね。父様よく解ったなぁ」

「はは、同類だからなぁ。お帰り、お嬢様、ルー坊ちゃん」

「「ただいま、アーク」」

ああ、天然が響きあったんだね。解ります。

「ロザリンド、ルー、おかえり」

「ただいま、父様！」

兄妹揃《そろ》って抱きつくと、父は嬉しそうに微笑んだ。いや、周囲から見たら無表情だろうけどね。

「で、お嬢様。ロッザリンドォォって何？」

「………………………」

アークの質問に答えたくないので笑顔で全力スルーする私。

「ロザリンドの指輪で武器として出したヴァルキリーって巨人の叫びまたは肉の聖女を讃《たた》える叫び」

「……お嬢様は、ウルファネアで何をしたのですか？」

「ざっくり言うと、初日は大海嘯《だいかいしよう》を殲滅《せんめつ》してユグドラシルを目覚めさせて大海嘯で倒した魔物を精肉にして肉祭。肉祭はロザリンド発案」

そこまでは予想していたのか、ジェラルディンさんから聞いていたのか頷《うなず》くジャッシュ。

「そのあと国王毒殺未遂事件を解決」

「「は？」」

我が家の比較的常識人二人がハモりました。

「に、兄様……その辺は言わなくてもよくないかな？」

「ロザリンド、クラスメートも聞いていたから、うちに問い合わせがくる確率が高い」

「…………………そうですね」

「ちなみに、毒殺未遂事件とは……」

「ウルファネア国王が毒を盛られていた。遅効性の無味無臭の毒だね。宮廷筆頭医師が使う薬草に混入されていた。黒幕含めロザリンドが挑発して手を出させ、一網打尽にしたよ」

「お嬢様達は何しにウルファネアに行ったのですか⁉」

「「旅行」」

「それでなんで大海嘯は殲滅するわ、国王毒殺未遂事件を解決して犯人一網打尽にするんです⁉」

「毒殺未遂はジェスからあらかじめ相談を受けていたよ。ジェスは病気だと思っていたけどね」

「ちなみに、その実行犯と宮廷筆頭医師を連れてきているよ」

「どうしてそんなことになっちゃったんですか⁉」

「「ウルファネア国王に押し付けられたから」」

「祖父がすいません！」

土下座されました。別にジャッシュは悪くないと思うの。

「大海嘯だけは想定外だったけど、ユグドラシル復活と国王毒殺未遂事件解決は予定内だったよね、兄様」

「そうだね。想定外だったのは大聖堂に住まう変態を撲滅したら国王が変態になったのと、よくわかんないけど第二王子様が動けるようになったのと、ジュティエス様が大人になってロザリンドの仮従僕になったぐらいかな」

「色々あったよね」

「本当にウルファネアで、何があったのですか⁉　ざっくりじゃなくちゃんと説明してください、お願いします！」

「「めんどい」」

　ジャッシュが涙目です。しかし、それどころではありません。

「まさかの四文字⁉」

「ちなみに、押し付けられた罪人達は応接室に放置しています」

「……どうするつもりだ？」

「片方は当面、孤児院で奉仕労働ですね」

「もう片方は巻き込まれただけで罪も軽いから、僕の助手にします」

「わかった」

「寝泊まりは孤児院の寮でさせる。空きはあったよね？」

「はい、問題ありません。かなり空いているとルーミア様からうかがっています。元奴隷《どれい》達はどうしますか？」

「もう少し落ち着いたら土地を買って農園作るから、そこで働いてもらう予定。当面は兄様の農園とかを手伝ってもらうかな」

「かしこまりました」

「あと、兄様にお願いがあります」

「何？」

「これを育てて欲しいのです！　大量に！」

「これは……米？　普通のより丸いね」

「はい。この米は、普通の米ではありません。ウルファネアのおいしいお米です。これがあれば、我が家で素晴らしいお米ライフが実現するのです！」

「あのもちもちしたやつか。解った、任せといて。栽培法は普通のと同じかな？」

「はい。そのように聞いています」

「それは、王族が体調を崩したときに食べる『聖女の恵み』では⁉」

「あ～、そんな名前だったかも。王様にねだったら、くれたよ。ジェスも借りがありすぎるから、好きにしていいって言うし。ウルファネアでは炊き方が失伝していたけど、炊きたてご飯はおいしいよ」

「な、なるほど」

「ちなみに、これに見おぼえは？」

「だ、大聖堂の大司教に代々伝わっている杖《つえ》⁉」

「『正解』」

「これ、国宝ですよ⁉」

「ちなみに、ジャッシュは大司教の恰好《かっこう》をどう思っていました？　オブラートなしでお願いします」

「…………変態だと思っていました」

「正解。この杖は多分救世の聖女の嫌がらせです。贈り人の感性から言っても、この杖はマッチョなオッサンが使ったらダメなやつです。女性用です。代わりをあげて宝物庫に封印していたら、うっかりウルファネア国王が触って大変なことに」

「祖父が申し訳ございません！」

「父はどうなったのだ？」

「いちごぱんつのミニスカ魔法少女？　に変身しました。操られるわ、素早いわ、スカートを気にしないから見えてはいけないモノがチラリを越えているわ……大変でした。それもあってジェスに押しつけられました」

「祖父と叔父がすいません」

ジャッシュはまた土下座しました。だから別にジャッシュは悪くないよ。悪いのは王様とジェスだよ。別に責めてないよ。残念な事実を報告しているだけだよ。

「最後は肉の聖女を讃える凱旋《がいせん》パレードだったね。ロザリンドはアルディン様に手柄を押し付けようとして失敗していたよ」

「頑張ったのですけどねぇ……うまくいきませんでした」

「正直、ロザリンドの印象を上書きするのはかなり無理だと思うよ？　ヴァルキリーだけでもインパクトがスゴかったし」

「あうう……」

「お嬢様ですからね」

「お嬢様だしなぁ」

「お嬢様ですものねぇ」

「お嬢様だもんねぇ」

「どーゆー意味ですかぁぁ⁉」

曖昧《あいまい》に笑われました。アルディン様と比較すると、インパクトが半端ないから……だそうです。

アルディン様は白いから存在が薄いのですよ（暴言）。

「そういや、お嬢様は精霊ゲットしなかったのか？　お嬢様が出かけると騒ぎが起きてゲットしてくるだろ？」

「オレダ」

「ん？　ルー坊ちゃんの人参《にんじん》？」

「マンドラゴラダ。毒ト緑ヲ司《つかさど》ル精霊ダ。叫ブゾ」

「叫ぶな」

大惨事の予感しかしません。まぁ、加減はしてくれるだろうから死なないだろうけど、私とジェラルディンさん以外が痺《しび》れると思います。

「マリー、にんじんキライ！」

マリーは以前ゴラちゃんにじゃれて引《ひ》っ掻《か》いた結果、叫ばれたのでゴラちゃんが嫌いです。以来マリーはゴラちゃんを見かけると威嚇します。ゴラちゃんが発光！　やばい！　まさか……⁉

「フゥ〜！」

股間に葉っぱだけの変態が出現しました。テーブルの上に突如出現し、高速で腰を振る変態に全員硬直しています。

「フゥ～！　じゃないわぁぁ‼　この、変態がぁぁぁぁ！」

硬直が解けた私は、もはや脊髄《せきずい》反射で指輪を瞬時にバットに変えてフルスイングした。

「らもぉぉぉん⁉」

謎の叫びを残して、変態は文字通り飛んでいきました。

「ハルー」

「はいよー」

「ご近所さんが通報する前にゴラちゃんを捕獲して。ゴラちゃんには服を着るか、漬物になるかを選ばせて」

「……ロザリンドは本気だと伝えるよ」

あとにハルは、あの時のロザリンドは目がマジだった。ゴラが漬物にされかねないと思ったと語りました。ちなみにゴラちゃんは場を和ませようとしたそうです。むしろ私が激しく荒《すさ》みましたよ！　次やったらすりおろしの刑ですと言っておきました。

ハルは吹き飛んだゴラちゃんを探しにいきました。

「お嬢様、なんであの変態人参を加護精霊にしたんだ？」

「昔のゴラちゃんは、あんな変態ではなかったの！　マスコット的存在だったのです！」

元はだいぶ変わったマンドラゴラさんでした。

「人型になれるようになったのは、ロザリンドに加護をあげてからなんだ」

何故《なぜ》だろう、みんながつまりロザリンドのせいかと頷いている気がする。被害妄想かな？

「お嬢様、いい加減ミケル達をどうにかしましょうよう」

「「あ」」

困った表情のラビーシャちゃんが来るまで、すっかり忘れていました。だいぶ放置しちゃったな。

仕方ないので報告会は終了となりました。

◇◇◇

さてミケル達のとこに行く前に、確認しなきゃいけないことがあります。

「ジャッシュ、ミケルという名前の薬剤師見習いとトサーケンって医者知っている？」

「結構な有名人だから存じております」

んん？　どういうこと？

「有名人？」

「つがい同士でありながら、とんでもなくすれ違いまくっていると有名でした」

「そうなんだ……」

誰か教えてやれよ！　あんなに思いつめる前に！

「彼らが国王毒殺未遂事件の実行犯と関与者です」

「え？」

「トサーケンが筆頭医師になってからろくに話もできなくなり、クビにするために王様に毒を盛らせたのがミケル。致死毒とは知らず、腹を壊す程度だと思っていたようですけどね。そして、自分の薬棚に毒を混入された管理不充分なおバカがトサーケンです。面識は？」

「すれ違う程度でしたから、多分大丈夫かと思います」

応接室では、ミケルとトサーケンが隅っこで丸くなって怯《おび》えていた。

「え？」

てっきり普通にソファーにでも座って待っていると思いきや……なんで？

「お嬢様」

ゲータが睨《にら》んできた。いや、不機嫌なだけだな。多分怒ってはいない。ゲータは目つきが悪いから、よく誤解されるけれども。

「ただいま、ゲータ。どうしたの？」

「ああ、おかえり。この女がお嬢様を小娘呼ばわりしたのは本当か？」

「………………うん？」

私は曖昧に返答した。実際に小娘だし、気にしてない。

「本当か？」

「まぁ、うん。でも私もおばさん呼ばわりして散々嫌み言ってへこませたから、気にしていない」

「……そうか」

ゲータの空気が多少穏やかになった。んん？　どういうこと？

「てめぇら、命拾いしたな。俺達の主に非礼なことをしやがったら、ただじゃおかねぇ！」

ドスのきいた声でゲータが言った。ラビーシャちゃんがニヤニヤしている。さては言いつけたな？　まぁいいけどさ。

「は、はい！」

「二度と聖女様に非礼などはたらきません‼」

二人の返答に満足したらしくゲータは下がった。あからさまにホッとする二人。ゲータがずっと殺気をこめて睨んでいたので怖かったらしい。うん、忘れていてごめん。

「トサーケンは僕の薬草園に来て。知識の確認をする」

兄がトサーケンを連れていく。彼は名残惜しそうにミケルを見ていた。

「ミケルは孤児院だね。ついてきなさい」

「はい、ご主人様」

「……私は貴女《あなた》の主になるつもりはないので、ロザリンドで」

「はい、ロザリンド様」


ミケルは素直についてきた。市街地の中にある、我が家が管理している国営孤児院に到着した。元ワルーゼ邸なのだが、来るのは久しぶりだ。

「お嬢様、よくおいでくださいました！」

ラビオリさんがニコニコしながら駆け寄ってきました。ん？

「ラビオリさん……」

「子供達もみんな楽しく……お嬢様？」

私の表情に気がついたラビオリさん。言いにくいが、現実とは残酷。私はラビオリさんに残酷な事実を告げた。

「太りましたね、ラビオリさん」

「あははは……………はい。ラビーシャにこれ以上太ったら豚だと言われました」

「辛辣《しんらつ》！」

ラビオリさんがしょんぼりしてしまいました。ラビーシャちゃんは結構毒舌ですよね。

「ところで、そちらのお嬢様は？」

「ミケルと申します。こちらで、働かせていただきたいのです。なんでもいたします。奴隷《どれい》として扱ってくださいませ」

ミケルは地べたに座り込み、綺麗《きれい》な土下座を披露した。

「えええええええええ!?」

いきなり身なりのいい女性に土下座をされ、驚愕《きょうがく》するラビオリさん。いや、私も驚いています。

「あの、え？　ちょ！　お、おちけつ！　いやもちついて!?」

「むしろラビオリさんが落ち着いてください」

私もかなりびっくりしたものの、ラビオリさんの慌てぶりのおかげで冷静になりました。

「ミケル、事情を説明せずにいきなりそんなことしたら普通は驚く。しかもこんな往来で土下座をするな。立ちなさい」

「申し訳ありません」

ラビオリさんに応接室で事情を説明しました。

「はぁ、なるほど。正直人手不足なのでこちらとしてはありがたいですけどね。ではミケルさん、明日からよろしくお願いします」

「はい！」

「寮の案内をしましょうか。お嬢様、あとはお任せください」

「ありがとう、ラビオリさん」

さて、帰るかなーと思ったら、いきなりドアが開きました。

「お話おわり？」

「お姉ちゃん遊んで！」

「新しいお姉ちゃん？」

あっという間に子供達に取り囲まれました。これはすぐ帰れないなぁ……。

「ロザリンドお姉ちゃんは院長先生とお話があるから、新しいミケル先生を案内してあげてくれるかな？　できるかい？」

「できる！」

「あんない？　やるやる！」

「ミケル先生、行こう」

「あ、はい……」

ミケルは戸惑いながらも子供達に手を引かれていった。賑《にぎ》やかな声が遠ざかり、ラビオリさんと二人だけになる。

「さて、お嬢様」

「はい」

「ウルファネアでだいぶヤンチャをなさったようですね」

「うん？」

なんで知っているんだ？　ラビーシャちゃん経由？

「ラビーシャが商人仲間に協力を求めましたからな。本当に娘か確認されたのと、肉の聖女の商品をクリスティアでも売らないかと誘われまして」

「断ってください」

私はなんのためらいもなく土下座をしました。クリスティアでも肉の聖女扱いとか、なんの嫌がらせですかい！

「顔を上げてください。既にお断りしています。話したかったのはそちらではありません。私達親子は貴女に救われました。私の命を差し出したとしても、ゲータを助けるのは難しかったでしょう」

多分なのだがゲームのラビーシャはゲータを切って、自分と父とヒロインを救う選択肢を選んだのだろう。ヒロインを誘拐した悪徳商人は、ゲータだ。ヒロインが救われたあと、ラビーシャが告げる『貴女が無事で良かった』という台詞《せりふ》は、その背景を知った今、超絶重たいなと思う。

「そうですね」

ラビオリさんでもラビーシャちゃんでも、ゲータを救うのはほぼ不可能だっただろう。

「貴女は我が家の恩人です。ですから、危険なことをなさるときにはご相談ください。必ずや、力になりましょう。とりあえず、聖女グッズの国内流通は止めますか」

「是非ともお願い致します‼」

「それから、肉の聖女が貴女だと解らないようにしますかね。よろしいですか？」

「是非ともお願い致します‼」

そして、しばらくしてジェスの魔力安定のためにウルファネアに行った時にこの会話の結果を目撃するわけですが、どうしてこうなった⁉　と叫ばずにはいられないできばえでした。

ラビオリさんは多分悪くない。多分。

◇◇◇

ラビオリさんとのお話も終わったので、ミケルを探しにいきました。

「えい！　やあ！」

「まだまだぁ！」

「踏み込みが甘い！」

「これでどーだぁ！」

「狙《ねら》いはいいけど、声を出したら台無しね」

どうやら子供達に木刀で剣を教えていたようです。ミケルを案内するのはどうしたんだい？

「あっ⁉」

ミケルが慌てて姿勢を正す。いや、別にいいよ？　早速打ち解けたみたいですな。

「あ、あの……すいません。わ、ワタクシ剣の稽古《けいこ》が好きだと話したら、子供達が教えてほしいと言ったもので」

「うん！　ミケル先生ちょーつよい！」

「おしえかたもじょうずだよ」

「ロザリンドお姉ちゃんよりおしえかたうまいよー」

仕方ないじゃないか、私に教えた人が習うより慣れろ派だったんだよ。マーニャは脳筋なんだよ。

「いや、そんなことはないですよ！」

「慰めなくていいよ。剣術を習っていたの？」

「は、はい。ウルファネアでは女性でも護身のために何らかの武術を習うのが一般的ですから
……」

「お姉ちゃん、かくご！」

ミケルに剣術を習っていた三人の子供達が一斉に飛びかかってきた。

「甘い！」

指輪を双剣に変えて木刀を弾《はじ》き、軽く叩《たた》いてやった。

「きゃん！」

「いて！」

「やられたー」

子供達は悔しそうだ。わはは、そうそう負けないよ。

ん？　ミケルがきょとんとしている。そして、ソワソワしだした。

「ロザリンド様も、剣を扱えるのですね」

「うん。まぁ、そこそこね」

「ワタクシと対戦していただけませんか？」

ミケルは真っ直《ま》ぐ《す》私をみていた。特に悪意は無さそうだ。

「いいよ。いつでもどうぞ」

子供が落とした木刀を拾って構える。

「やぁっ！」

ミケルが打ちこんできた。重い!?　山猫の獣人だし華奢《きゃしゃ》だから、スピードタイプかと思ったよ！

「は！　たぁ！」

びっくりしたものの、英雄程ではないし問題ない。お嬢様の手習い程度かと思いきや、なかなかの腕前だ。英雄と型が似ている。ウルファネア流なのかな？

「はあっ！」

ミケルが上段から振りかぶったが、遅い！　一瞬の隙をついて胴に一撃を入れた。

「かはっ⁉」

膝《ひざ》をついたミケル。そんなに強くはしていませんよ。ミケルはにっこり微笑《ほほえ》んだ。

「完敗ですわ」

手を貸して立たせてやる。スカートを払うと、ミケルはキラキラした瞳《ひとみ》で私を見つめた。

「そのお年でここまでの腕前だなんて……強くなる秘訣《ひけつ》はありますか？」

「自分より格上と対戦することかな」

「なるほど……また対戦していただけますか？」

「いいよ」

子供達が拍手をした。何でだ？

「ミケル先生、すげー！」

「負けちゃったけど、あんなにお姉ちゃんと打ち合いできるなんてすごい！」

「いやはや、どちらもすばらしい腕前ですね」

ラビオリさんがニコニコしながら話しかけてきた。

「しかし、うちの子達は気難しいのによくここまで打ち解けましたねぇ」

「え？　みんな、素直でお利口さんだと思います」

ミケルが首を傾《かし》げた。子供達はミケルにじゃれついている。

「あのね、ロザリンドお姉ちゃんに悪いひとは追い出していいって言われたの！」

場がしん、と静まりました。いや、まぁ……言ったね。よく覚えているね。

「お嬢様、どういうことですか？」

「子供達に悪い人の選別方法を教えました」

「……なるほど」

「子供達は見る目がありますよ。普段から職員を観察していますし、子供は悪意に敏感です」

「ミケル先生はちゃんと目を合わせてお話するよ」

「ちゃんとお話きいてくれるよ」

やはりミケルは根っからの悪人ではないのだろう。すっかり子供達が敵ではないと認識している。彼女の真っ直ぐな気質は子供達には受け入れやすいと思われる。まぁ、予想通りかな。

「さて、帰るかな」

私はあまりしょっちゅう孤児院に来ないようにしている。

「え？　やだやだ、帰っちゃやだ！」

「おでえじゃぁぁん、がえっじゃやだぁぁぁ‼」

理由はこれ。帰りの子供達による大合唱である。非常に帰りにくい。捨て犬を見捨てる時並みに罪悪感がある。

「お、お土産に塩漬け肉あげるから！」

ウルファネアでもらった大量の塩漬け肉を出してやる。素早くゲットするが泣き止《や》まない子供達。

うーん、肉ぐらいじゃダメか。どうしよう。

「ナカナイコ、イッショニネル」

見かねたもふ丸が私の肩から降りて、子供達に話しかけました。優しいもふ丸はこうして子供達が泣くと一晩だけお泊まりしていたりする。いつもありがとう、もふ丸。なんて気が利く魔獣さんなんだ！　子供達は現金なもので、もふ丸を連れて走り去った。毎回もふ丸を狙《ねら》っている気もする。

まだ通りも明るいし、独りで帰ろうと思ったら、ミケルが送るとついてきた。しばらく歩くと、ゲータも来た。

「あれ？　どうしたの、ゲータ。兄様は？」

「あの犬獣人に指導している。まだかかりそうだし迎えにきた」

「なるほど」

どうでもいいが、ミケルが怯《おび》えています。睨《にら》むな……いや、よく見たら睨んでないわ。考えごとをしているのかな？

「なぁ、お嬢様」

ゲータが私に声をかけた。真剣な表情だ。

「何？」

「前に『自分のしたことが罪だと言うなら、死なずに一生苦しみぬいて被害者のために働きなさい。あんたが死んでも、何も変わらない。そんなの、あんたの自己満足でしょうが』って言ったよな。今の俺は、償えているか？」

「正直に言っていい？」

「ああ」

「無理しすぎだと思っている。給料を全部孤児院に使うのは、やりすぎ」

「……そんなことはねぇさ。飢えもしない今の環境が幸せすぎるんだ」

「じゃあ、これからは？　奉仕労働が終わったら、どうすんの？　ラビーシャは先を見ているよ。外交官になるかも」

「俺は……」

「これはミケルにも言えることだけど、この奉仕労働の時間は多分自分のしたことを見つめ直してこれからを考える時間なんだよ。ゲータ、償いにとらわれて自分を犠牲にするよりも、たくさんの人達を救う方法があるんじゃない？」

「例えば？」

「兄様との知識を生かして医者か薬剤師になるとか、アークのコネで新設される福祉課で働くとか、商人になってラビオリさんみたく孤児院作るとか道は色々だよ」

「……そう、だな。考えてみる。お嬢様、俺はあんたにどうやって報いればいい？　この借りは一生かかっても返せそうにない」

「別に返済は期待していないけど……そうねぇ。ゲータが幸せそうにしていたらわりと満足かな。自分は間違ってなかったのだと思えるし」

　ゲータがため息をついた。

「なんつーか、悪ぶるわりに根っこは善人だよな、お嬢様」

「……善人は断罪したりしなくない？　それにジェンドにお願いされなきゃ見捨てたかもよ？」

「いや、多分ないな」

「そうですね」

ゲータとミケルは穏やかに笑った。君達は私を好意的に捉《とら》えすぎですよ。

「本当に見捨てるか、考えてみてください」

ミケルに言われて考えてみた。考えてみた、が……。

「今のゲータは見捨てられない。それだけは確かだけど、あの時ジェンドにお願いされなかったとしても、ラビーシャちゃんに泣きつかれて懇願されたら変わんないかな」

「ほら」

「やっぱり」

ニヤニヤすんな！　ミケルもゲータにビビってたくせにぃ！

「とにかく！　二人は利用されたとはいえ利用されるだけの隙があったということです！　他人を見る目を養って、本当に頼れる人間をちゃんと見つけるように！」

「「はい」」

まぁ、なんにしてもいい方に向かったらいいよね。せっかく助かったわけだし、いつか彼らが幸せになったらいい。

ミケルとゲータはこの一件ですっかり打ち解け、歳《とし》が近いので仲良くなりました。約一名が嫉妬《しっと》していましたが、見なかったことにしました。

◇◇◇

自宅に帰ると、トサーケンがしんなりしていました。兄様に絞られた模様です。

「だ、大丈夫ですの？　トサーケン」

「ああ……天使がお迎えに来てくれた」

明らかに駄目みたいです。目の焦点が合ってないわ。ミケルがオロオロしている。ゲータはあきれた様子だ。

「正気にかえれチョップ！」

「ぐは⁉」

無事、物理的刺激によりトサーケンは正気にかえりました。ミケルと同じ寮住まいになるので、ミケルに引き取ってもらいました。現金なわんこは尻尾《しっぽ》を振ってついて行きました。あれだけ解りやすいのに、なんですれ違うのかがわからんな。


さて、聖獣様と闇様もお呼びして、恒例の精霊紹介タイムです。場所は公爵邸のユグドラシル前。いつもの紹介と違うのは、ゴラちゃんがいつ卑猥《ひわい》な姿に変身するのかという緊張感ぐらいですかね。ゴラちゃんを中心に私の加護精霊さんがそれぞれ自己紹介を始めました。

我が家住まいの精霊さん達はゴラちゃんの知り合いです。ゴラちゃんはたまにお散歩をするので、私も挨拶《あいさつ》したりしていました。

「先《ま》ずは僕からかな？　知っていると思うけど、緑の精霊のスイだよ」

「俺も知っているだろうけど、ハルだ！　風がメインだけど、全属性の精霊でもある」

「ぼくはコウだよ。火の精霊なんだ。たまに一緒に日なたぼっこしたりしていたよね。これからもよろしくね」

「アリサだよ！　ゴラちゃんも仲間！　アリサは緑と浄化の精霊なんだよ」

「ボクはぁ、ハクだよぉ。土の精霊なんだぁ。よろしくねぇ」

「クーリンは水の精霊だよ。よろしくね」

『我はロザリンドの加護予定精霊だ。この国では聖獣と呼ばれておる』

「我は闇の精霊だ。名前はまだない！」

ごめんよ、闇様！　お名前はもう考えてあるの！　でも、魔力が相変わらず安定しないんだよ！

それにしても、いつゴラちゃんが変体するかハラハラする。黒ひげダンディーが樽《たる》から飛び出す感じのハラハラである。

私の心配をよそに、ラストのゴラちゃんの番になった。

「皆、ヨロシク頼ム。オレハゴラ。マンドラゴラデ緑ト毒ヲ司ル精霊ダ」

良かった、何事もなく終わっ……油断した一瞬、まばゆい光に包まれて、ゴラちゃんは変態……じゃなかった、変体した。

あの動き、どっかで見たな。あれだ。二時五十分的なヤツ。私はしばらく現実逃避した。葉っぱだけを身に纏《まと》った変態は激しくダンスしている。

スイ、ハル、ハクが止めようとするがスルリとかわしている。

コウ、聖獣様、闇様はポカーンとしている。

アリサとクーリンは……。

「キャハハハハハハ」

「アハハハハハハハ」

爆笑していました。やめなさい、変態が調子に乗るから。なんか動きが激しくなっているし。

「えい」

アルフィージ様直伝。超滑る氷魔法により地面を広範囲に凍結させた。

「えがっちゃぁぁぁぁ⁉」

意味不明の叫びと共に、変態はカーリング状態で滑っていった。あとでお尻《しり》が霜焼けになったとの苦情がきましたが、笑顔で霜焼けどころか凍傷になって腐ったら良かったのにと言ったら黙りました。私の怒りが通じたようです。

『また変わったのを加護精霊にしたな』

「違うのです！　前はちょっと変わったマンドラゴラなだけで、あんな変態じゃなかったのです」

「ロザリンドの加護精霊になってから変態姿になれるようになったんだよ」

「つまり、ロザリンドのせいか」

納得しないで、闇様！

頷《うなず》かないで、聖獣様！

くそう、腹いせにもふもふしてやるんだから！　はぅ、もふもふ……。

『ゴロゴロ……だから人前ではやめよと言うておるに』

肉球でぺしっとされました。ご褒美ありがとうございます！

よく考えてみると、ゴラちゃんは変わったマンドラゴラ時代からよく踊っていました。マンドラゴラ姿なら可愛《かわい》いのに……ゴラちゃんに踊るならマンドラゴラ姿にしてほしいと頼みました。

「ドウセナラ目立チタイカラ嫌ダ」

断られました。どこの目立ちたいマンだよ！　私とゴラちゃんの戦いはまだまだ続くようです。

◇◇◇

私はミケルと自宅に戻ったものの、気になったので賢者のジジイの汚部屋にお邪魔しました。

とりあえず、スペースを空けるため、ためらわずに積まれたものをポイポイぶん投げる。

「ちょ、いきなり来て物を投げるな！」

ちなみに奥方様から許可を貰《もら》っているので、遠慮は全くない。

「割れる割れる！　それ割れる！」

しばらく空けただけで復活した汚部屋に、苛立《いらだ》っているのもある。

「ごめんなさい！　謝るからそれだけは勘弁してぇぇ!?」

賢者と呼ばれている汚部屋の主が私の腰に巻き付き、懇願した。

「……嫌です。座れないじゃないですか」

私はにっこりと微笑《ほほえ》んだ。さらに映像記憶魔具を起動した。

『マジでそれだけは勘弁してぇぇ⁉　次やらかしたら、何を破壊しても何も言わないから‼』

「二週間前の僕の馬鹿！」

ざっと掃除をして、本題に入りました。

「ミスリルと……銀かな？　ちょっと分けて」

「いいけど、何する気？」

金属の塊に熱を加えて魔石を埋め込み、宝物庫で貰ったあの腕輪を再現する。さらに聖樹の結晶、マグチェリアの花、ユグドラシルの果実を融合させた。

第二王子にあげた魔具を上手《うま》く再現できたようだ。

「じい様、これ鑑定して」

賢者の天啓は魔眼。魔力を解析して魔具を見ただけで効果を理解することができる。

「聖属性の浄化効果がある腕輪だね。こんな強力な魔具はなかなかお目にかかれない……」

「じゃあ、これも」

「はいはい」

私がモノを手渡すと、室内に光が溢《あふ》れた。

「永き時を経た叡知《えいち》の使者！　賢者G☆SAMA《じーさま》ここに降臨！」

「ギャハハハハハ」

「なんじゃこりゃあ⁉」

ウサミミ付きミニスカワンピース、ニーハイブーツのじい様である。じい様はスカートを押さえて涙目だ。足も白くて細く、毛もない。普通に可愛い。

「なんという悪戯《いたずら》をするんだ！　この悪魔弟子！」

しかし、魔具に対し暴発の危険もあるから常に対策をしているじい様も餌食にするとは恐ろしい杖《つえ》だな。

「その杖はお土産にウルファネアからいただいた大聖堂に伝わる杖です。国宝らしいですよ」

「確かに魔力が増幅されている。こんなに古い魔具がまだきちんと作動するなんて」

「ウルファネアの救世の聖女が作った嫌がらせの黒歴史的魔具ですよ」

「マジで⁉」

じい様が超食いつきました。救世の聖女は魔具製作者には神様なんだってさ。知らなかった。

じい様が私にその話詳しく！　とか言っていたら、玄関のドアが開きました。

「ただいま……」

帰宅した奥方様はドアを閉めました。ドアを開けました。

「ハニー⁉　こ、この恰好《かっこう》は違う！　弟子の悪戯で僕の趣味じゃないから離婚しないでぇぇ⁉」

黒髪短髪、アイスブルーの瞳《ひとみ》をした男装の麗人な奥方様。ついたあだ名は女性でありながら氷の貴公子。そんな奥方様は無表情で魔法少女じい様を見ている。

じい様は本気で離婚の危機だと感じたらしく、必死だ。

奥方様がすがりつくじい様に触れ、ディープなキスをかましました。

「んぅ⁉　ふ……んー！」

長い！　そしてじい様がぐったりした。酸欠？

「こんな可愛い恰好をして……誘っているのだな？」

「ち、違う……ちょ、待って！　弟子居るから脱がさない……そそくさ帰るな、弟子ぃぃぃ⁉」

かっこいい奥方様は賢者の衣服を剥《は》ぎ取りつつ、にっこりと笑って私に手を振った。

「素晴らしい土産《みやげ》をありがとう。おいしくいただくよ」

「あ、その杖に触ると似たような恰好になっちゃうかもしれないので、気をつけてくださいね」

「解った」

「ちょ、そこは……せめて弟子が帰ったらに……いやぁん！」

賢者が大変なことになってきたので、注意事項だけをお伝えして撤退しました。なんというか、大変楽しめたそうで後日奥方様からお礼の品まで贈られました。でも杖は返品されました。残念だ。

◇◇◇

賢者の汚部屋から早々に撤退した私は、帰宅してあとは寝るだけとなりました。

控えめなノックが響き、困惑した表情のジャッシュが来た。

「どのようなご用件でしょうか、お嬢様」

「ああ、内緒話がしたくてね。確証があるわけじゃないから、ジャッシュの意見が聞きたいんだ」

「かしこまりました」

「ついでにウルファネアの詳細も面白おかしく話してやろうかと」

「普通に！　簡潔明瞭《めいりよう》にお願いいたします！」

とりあえず軽いジャブとしてウルファネアでの出来事を語った。ジャッシュが丸くなった。いや、これは土下座だわ。土下座はもういいって。お腹《なか》一杯です。

「身内が大変な失礼を……」

いや、別に気にしてないんだけどね。もう喉元《のどもと》すぎました。

「さて、本題です。変なことを聞くよ。第二王子は二人居る？」

「……いえ、お一人ですが……とても印象が違う時がありました。私は、何故《なぜ》ジューダス様が聖域から出られなかったのかを知りません。もしかしたら父なら何か知っているかもしれませんが……」

「あの説明能力の無さだもんねぇ……父様に通訳してもらっても限界があるし」

お互いにため息をついた。ただ、確かなのは一つだけ。

「この腕輪は聖属性の浄化効果がある。これを渡したら、第二王子は聖域から出てきた」

「聖属性……そういえば、ジュティエス様とジューダス様のお母上はホーリードラゴンでしたね。ジュティエス様が居るときのジューダス様は常に穏やかでした」

つまり、聖属性で抑えられる何かに侵されている、のだろうか。推論でしかないし、あまり追及するのもなぁ。助けを求められたわけでもない。助ける義理もない。

なんで、あの人が気になるのだろうか。

「意外ですね」

「何が？」

「お嬢様のことだから、助けるとおっしゃるのかと」

「いや、私は正義の味方ってわけじゃないし、助けを求められたわけでもないからね。それにゴースト系統嫌いだし……勘だけど今の私ではどうにもできない気がする」

「ちなみに、なんでゴースト系統が苦手なのですか？」

私はジャッシュから目をそらした。

「物理が効かない、なんとなく呪《のろ》われそう、よくわかんないから嫌い」

「…………」

何かを考えている様子のジャッシュ。

「……つまり、怖いから嫌いなのですか？」

「………………遠回しに言ったんだから、確認しなくてもいいじゃん！　ともかく嫌なの！　嫌いなの！」

「……すいません」

顔をそむけ、プルプルしているジャッシュ。笑いたきゃ笑え、ちくしょうめ！

真面目《まじめ》な話、試してみたけどジューダスにはロザリアの未来予測が効かなかった。さらに実は私、トゥルーエンドを知らないのだ。王様は全攻略対象のエンドを見たあとにルートがオープンする。私は攻略対象のエンドは全部見たけど、トゥルーエンドルートはかなり属性値調整がシビアだし……つい愛《いと》しのディルク様に寄り道した結果、見れなかったのだ。ちゃんと見とくべきだった！後悔しています。

まぁ、どちらにせよ、私は私の今できる最善を頑張るしかない。さしあたっては魔法院をどうにかすることと、腕輪を定期的に供給してやってナニかを抑えることだ。

もう一つ確認したかったことをいまだにプルプルしている従僕に聞いた。

「ジューダスがクリスティアを嫌いな理由って知っている？」

「はい。結構有名な話ですから……ジューダス様はクリスティアのご令嬢と婚約なさったのですが、ご令嬢はジューダス様が完全獣化した姿を恐れ、化け物と言ってしまったそうです。当然破談になり、ジューダス様が聖域からでないのはそのせいとも言われておりました」

だから、私が怖くないのか発言があったのかな？　そしてなんとなくだが内向的な感じだから、引きこもりそうな気がする。

現状で得られる情報はこの程度だろう。内緒話を終わりにしようとジャッシュに話しかけようとしたら、ジャッシュが礼をとった。確か、感謝の礼だ。

「ウルファネアを、捨てたとはいえ我が祖国を救ってくださり……感謝いたします。すいません、もっといい言葉があればよいのですが……私は心からお嬢様に感謝しています。一生涯かけてもお嬢様にいただいたモノを返せるかわかりませんが、精一杯頑張ります」

　頭をさげたジャッシュの頭をナデナデもふもふしました。

「お嬢様？」

「あのさ、ゲータとかにも言ったけど……私のお願いを聞いてくれる？」

「はい。何なりと」

　言ったな？　言質は取りました！

「幸せになって」

「……は？」

「幸せになって、ニコニコしていて。そしたら私は良いことをしたなと自己満足するから。そもそも別に対価は貰っているし、ジャッシュは充分私に報いているよ。ルランの救援は本当に助かったし、ジャッシュの細やかな気配りはとてもありがたい……ジャッシュ？」

「おじょうざまぁ……」

　ジャッシュ……美形が台無しだ。そこまで泣かんでいいわ。別に私、おかしなことは言ってないし。

「泣かないの」

　ハンカチで拭《ぬぐ》ってやる。鼻水を垂らすなよ、美形なんだからさ。

「嬉じぃでず……本当にじあわぜでず」

「ならいいか。また焼き菓子作ってくれる？　ウルファネアでも食べたけど、ジャッシュが作った方が美味《おい》しかった」

ジャッシュは涙と鼻水で美形が台無しだったけど、嬉《うれ》しそうに何度も頷《うなず》く姿は可愛《かわい》かった。尻尾《しっぽ》もパタパタしていたしね。


翌日さっそくジャッシュはお茶の時間に焼き菓子を出してくれました。美味しかったです。ちなみにルランやクリスタルドラゴン達も好きらしく、救援の対価が焼き菓子だったと聞かされた。ユグドラシル……いや、ウルファネアが実は焼き菓子に救われたと知るのは、私とクリスタルドラゴン達だけである。

◇◇◇

さてさて、今日から学校ですよ！　久しぶりに騎士服を着て学校に行ったら校門に保護者が多数居ました。通れそうもないなぁ。面倒だし、騎士団に直接転移しちゃおうかなぁと考えていたら、保護者達の怒鳴り声が聞こえてきた。

「責任者を出せ！」

なんかクレームかな？　と他人事《ひとごと》にしていられたのはそこまでだった。

「子供が旅行先で大海嘯《だいかいしょう》にあったと言っているぞ！」

「危険な目にあわせたんじゃないだろうな⁉」

うちのクラスメート達の親御さんでしたぁぁ⁉　よく考えたら、そうだよね！　クレーム言いたくなるよね！　不可抗力だけど、大事な子供が下手《へた》したら死んでいたかもしれないものね！

あばばばば……怖い！　どうしよう⁉

「帰るわよ！　こんな学校転校するわよ！」

「母ちゃん、話を聞いてよ！　危なくなんかなかったよ！」

いや、危険ではあったよ。お母さんらしき相手を必死で説得するルフナ。目があってしまった。

「姐御《あねご》！　母ちゃんを説得してください！　俺、転校なんかしたくねぇよ‼」

とりあえず、私は公爵令嬢らしくふるまうことにした。婚約指輪さんに服を白銀ドレスへチェンジしてもらう。私の指輪は扇だ。

「朝から騒がしいことね」

ざわり、と周囲がざわめいた。うう……注目されているが仕方ない。

「なんの騒ぎなのかしら。この私が学校に行くのを妨げる程の理由がおありなのですわよね？」

わざと魔力を出して周辺の気温を低下させる。

「そ、それは……」

「来たのが私で良かったですね。相手によっては不敬罪だと拘束されかねませんわよ」

騒ぎを聞きつけたのだろうか。校長と担任が保護者達を講堂に誘導した。私の出る幕は無さそうだと仕事に行こうとして、見知らぬおばさんに腕を掴《つか》まれた。

「ワタクシはこの子が主導したと聞きましたわ！　この子からも説明させるべきです！」

えー？　そんなこと言われても、大海嘯は事故みたいなものだし言えることなんてほとんどない。私、騎士団に遅刻したくないのですけど。

「母ちゃん！　やめろよ！　姐御に乱暴すんな！」

ガーブのお母さんでしたか。確かに同じ虎耳と尻尾だね。

「ええと、生徒に乱暴はお止めください。ロザリンド君、君も来てね」

マジか。そこは庇《かば》うとこじゃないかな、校長。仕方ないので連絡してから私も講堂に行きました。


つうかこれ、どうするの？　私もどうにかできる気がしないのだが。下手したら保護者が暴徒化しかねん。

「だから納得のいく説明をしろ！」

「馬鹿にしているのか！」

校長はひたすら落ち着いてと声をかけるが、落ち着くはずもない。真面目にどうにかしないと、と考えていたら肩を叩《たた》かれた。

「俺に任せてくれ」

私にそう言うと、アルディン様は颯爽《さっそう》とクラスメートの保護者達の前に立った。

「すまなかった！」

アルディン様が、大きな声で謝罪した。保護者達も固まっている。王族が頭を下げたのだ。アルディン様が王族と知らずとも、身なりを見れば高位貴族とわかるだろう。謝らせたとかバレたらまずいよね！

「今回の旅行はウルファネアとの親善を兼ねていた。知っているかもしれないが、クリスティアとウルファネアは関係が悪かった。そんな中で大海嘯に遭遇したのは不測の事態だった。私達は前線には出ていない。城で救護をしていた。確かに危険はあったが、とても得難い経験をした。ガーブ、ルフナ……君達は怪我人を搬送していたな」

二人は頷く。

「彼らは血まみれになりながらも、多数の負傷者を搬送した。ミルル、ポッチ……君達はひたすらにポーション作成を手伝っていたな」

え？　もしやアルディン様はクラスメート全員の動きを把握していたの？

「私が戦術指揮をして、アルディンはクラスメートと後方支援をしていたのだよ」

アルフィージ様が苦笑しながら来ました。心を読むな。びっくりするわ。

「君、気をはっていない時は表情で大体読めるからなぁ。一応気をつけるよ」

「私達も、最初は大海嘯に恐怖した。だが、たった一人が勇敢にもどうにかしようと立ち上がった」

嫌な予感しかしないよ。アルディン様、手を伸ばすな。お断りしま……？

「いってらっしゃい」

覚えとけよ⁉　絶対仕返ししますからね‼　アルフィージ様に力一杯押されて、アルディン様の隣に行ってしまった私。アルディン様はエスコートするように私の手をとった。

「彼女が、ロザリンド嬢が……なんとかすると約束してくれた。だから私達はあの絶望的な状況下でもパニックを起こさずに対応できたのだ」

「母ちゃん、姐御はスゴかったんだ！」

「姐御だけが戦いに行ったんだよ！」

素直なクラスメート達も同意した。

「さらに素晴らしいことに、あの絶望的な大海嘯があったにもかかわらず、ウルファネアの死者はゼロだったそうだ」

保護者達はざわめいた。普通は有り得ない。

「皆様のお子様達が後方支援で救護したことも大きかったと思います。ウルファネアの王族様からも、医師からも軽傷者を治療してくれたおかげで医師達は重傷者に集中できたとお褒めの言葉をいただきましたし、戦勝パレードにも全員参加いたしました」

「そうだよ！　俺達馬車とかフロートに乗ったんだよ！」

「みんなでパレードに出たよ！」

クラスメート達は嬉しそうに親に話した。保護者達の中にはその姿を見て穏やかに微笑む人達もいた。

「確かに、我々は危険な目にあった。だが、本当に得難い経験だったと私は思っている。人間も獣人も関係なく脅威に立ち向かい、己のできることをした。皆が弱音を吐かず仕事をやりきったのだ」

「そうだよ！」

「頑張ったんだよ！」

クラスメート達はみんな笑顔だ。暴徒化しそうだった保護者達はすっかり鎮静化している。

アルディン様スゲェ！

「アルディンの浄化はもはや多数対応か……」

アデイルさんが遠い目をしている。浄化ね。うん、天然でここまでできるのはもはや才能……？

あれ？　アルディン様、後光がさしてるよ。もう、キラメキ☆次郎とかに改名したらどうかな。眩《まばゆ》いんですけど。

私はアルディン様の眩さにみんなが気を取られている隙に、ウルファネアのジェスに連絡を取って現状を手短に伝えた。ジェスは対応が遅れたが各個人に感謝状と金一封を出すと約束した。そのことも伝え、どうにか保護者達は納得してくれた。


先程のお礼をかねてアルディン様と裏庭でお茶をしていた私達。

「ロザリンド嬢、何故《なぜ》私の分がないのだい？　おまけに何故アルディンを見ない？」

「先程いってらっしゃいをしやがったから、おやつはあげません。アルディン様は純粋に、眩《まぶ》しいから見れないのですよ」

「は？」

アルディン様に後光がさしていたのではなく、実際に眩しかったというオチでした。

「アルディン様、光の精霊さんに気に入られたみたいですよ。めちゃくちゃ眩しいです。呼びかけてあげてください」

「え？　あ……俺を気に入ってくれたのか？　なら姿を見せてくれ」

陽《ひ》の光よりも眩しい光がアルディン様の手に降りた。

「君に名前をあげるよ。ラート、ラートでどうかな？」

「気に入ったよ。よろしくね、アルディン」

真面目《まじめ》そうな金髪金目の精霊さんはふわりと微笑《ほほえ》んだ。おお、ゲームにも出ていた精霊さんだね。

ちなみにアルディン様はラートゲットの影響か、光輝く王太子やら光の王子やらと呼ばれるようになった。ラートが悪戯《いたずら》しているのか真面目にやっているのか、はたまた関係なくなのかは解らないが、この日から、アルディン様は時折物理的に後光がさす王子様になりました。

◇◇◇

結局午後から騎士団でお仕事をすることにした。現在は愛しのディルクと幸せランチタイムです。

「久しぶりのロザリンドのお弁当……」

ディルクがお弁当と幸せを噛《か》みしめています。ディルクは本当に美味《おい》しそうに食べるので作りがいがありますね。

「はぁ……お腹いっぱい……幸せ」

さて、私は食欲が満たされたディルクにおねだりです。きちんと結界をはりました。

「ディルク、私は頑張りました」

「うん？」

「ウルファネアというモフモフパラダイスで浮気をしませんでした。我慢しました」

「……うん」

ディルクは顔を真《ま》っ赤《か》にしたり、真っ青にしたりと忙しい。私が言おうとしていることに、心当たりがありすぎるのだろう。

「ご褒美を所望します」

「……今？」

「後回しにすると利息が……」

「今で！」

まぁ、後回しにする気は無かったけどね。さて、どこからモフろうかな。

「シャワー浴びて来れば良かった……汗臭いとか言われたら立ち直れない……遅れたら悪いと急いできたのが仇《あだ》になるなんて……」

首筋に顔を埋《うず》めて匂《にお》いを嗅《か》ぐ私。いい匂いしかしない。

「ひぁ!?　お、俺汗臭いのに嗅がないで！」

「大丈夫、いい匂いでした」

「大丈夫じゃないから！」

相変わらず私より乙女というか……可愛《かわい》いディルクです。久しぶりで腕がなります。

「午後から巡回だから、手加減してね？」

「うん、わかった」

この時は、まだ正気でした。ちゃんと加減して午後に響かないようにするつもりでした。

「ディルク、獣化。完全じゃない方」

「うん」

ディルクは素直に獣化して、私の好きにさせてくれた。久しぶりの二人きり、幸せタイムと至福のモフ心地に、私の理性さんは旅立ってしまわれた。

「うふふふふふふふふ」

「ふにゃ……ロザリンド？　なんか目が怖いんだけど……」

「うふふふふふふふ。はぅ……もふもふ……幸せ……ディルク、大丈夫よ……大丈夫」

「大丈夫な要素が微塵《みじん》も感じられな……ふにゃふみゅう……だ、ダメだ……気持ちよすぎる……にゃあん、ゴロゴロ……いやいや、喉《のど》鳴らしている場合じゃない……」

「うふふふふふふ、可愛いディルク、だぁい好き。私に任せて、力を抜いて？」

幸せそうな私にディルクはほだされてしまい、素直に身を任せた結果……状況が悪化した。

「………………」

「……………大変申し訳ありません。モフ欲が、大爆発しました」

「みゅ…………」

ようやく正気にかえった私が見たのは、虚《うつ》ろな瞳《ひとみ》でうっとりしたディルクでした。やりすぎたあ！

言い訳させていただくと、私はある程度もふ丸なんかをモフモフしてモフ欲を発散させていました。しかし、私は気がついてしまいました。モフモフが別腹……いや別モフだということに。ディルクは私にとって特別すぎて、彼のモフモフは別勘定だったのです。他で発散できず、ディルクのみが発散させてくれるのです。ウルファネアでこまめな発散を怠った結果……。

大爆発しました。

正気にかえるのが遅すぎました。アダルティな漫画なんかで快楽堕《お》ちとかありますが、モフ堕ちと呼ぶにふさわしい感じになっちゃっています。もはや人語が解らず可愛い黒にゃんこです。揺さぶろうが最後の砦《とりで》の尻尾《しっぽ》を弄《いじ》ろうが、正気にかえりません。気持ち良さそうにするだけです。

「ディルク、元に戻って……きゃあ？」

ほっぺをペロペロされちゃいました。あまりの可愛さに一瞬このままでも……と魔が差しかけましたが、耐えました。

ディルクは結局、しばらく猫じゃらしで遊んで発散させたら正気にかえりました。

「手加減してって言ったのに！　しかも尻尾をあんな……あんな辱めを……」

ディルクはモフ堕ちしていた間も記憶があり、泣かれました。あんまりモフモフすると、獣性が活性化されてしまうのだそうです。勉強になりました。

そしてやはり対処法が正しかったらしく、活性化した獣性は発散させれば回復が早いようです。ウルファネアでは猫じゃらし遊びをしていなかったし、ディルクも限界だったのだと思われます。

「すいません。ディルクが大好きで特別すぎた結果、ディルクへのモフ欲はディルクをモフることでしか発散できないことが解りました」

「……え？」

「わりともふ丸とかで発散させていましたが、ディルクは別腹ならぬ別モフでした」

「わけがわからない！」

「仕方がないのです。私にとってディルクこそが至高のモフモフ！　そして、最愛のモフモフなのです！　ゆえにそもそも代えなどきかなかったのですよ！」

「つまり？」

「好きすぎて素晴らしいモフモフすぎた結果、ディルク以外では満足できなくなりました」

ディルクは微妙そうでしたが、納得してくれました。猫じゃらし効果で歩行も大丈夫そうです。

「じゃあ、また明日」

「うん、またね」

ちょっとだけ名残惜しくてディルクの後ろ姿を見ていたら、ディルクが戻ってきました。

「間違えたから、やり直させて」

「うん？」

「行ってきます、ロザリンド」

「‼　行ってらっしゃい、ディルク」

あんまり嬉《うれ》しかったから抱きついてほっぺたにキスをしたら、唇にちゅっとお返しされました。

きゃぁぁぁぁ‼　ディルクがイケメンすぎて萌《も》えます！　いや、萌えまくります！　私のテンションが大変なことに‼　あれですよ！

スーパーハイテンションーン‼

今なら魔王だろうが一撃で殺《や》れる気がしますよ‼

何も恐れぬスーパーハイテンションロッザリンドゥォは、ドーベルさんにより一瞬で鎮静化されました。ドーベルさんは戻ってきた私をちらりと見て、顔を赤らめました。

「あの、本当に何したらそんなに匂いが……いや、やっぱりいいです」

一瞬でテンションが戻りました。そして恥ずかしくなりました。よく見たらジャッシュも赤かったです。次から香水を使うか真剣に検討しました。獣人の嗅覚《きゅうかく》はすごいです。

◇◇◇

今日は終業式です。午前は学校、午後は騎士団でお仕事の引継ぎと片付けですね。明日からは夏休みですが、スケジュールが山盛りてんこ盛りです。

クラスメート達に挨拶《あいさつ》をして、ミルフィと夏休みに遊ぶ約束をしたら騎士団へ行きました。

「ロザリンドさん、今日は仕事のあとに残っていただけますか？」

「あ、はい」

渡したいものもあったし、丁度いいかな。私はドーベルさんに返事をして、家に帰りが遅れると連絡をしました。もとから私の仕事はジャッシュが引き継ぐ予定だったので、引継ぎはスムーズに終わりました。


片付けのあとに、私は別室に通されました。鳴り響く、クラッカー的な魔具。笑顔の騎士さん達。

「お疲れ様！」

みんなからねぎらいの言葉をいただきました。中には号泣するオッサンもいます。

「いや、寂しくなるなぁ」

「また手合わせしような！」

皆さんから笑顔で話しかけられました。私も笑顔で対応しました。

「今日はロザリンドさんの慰労会なのです。楽しんでいってくださいね。特に私は貴女のおかげでちゃんと定時に帰れるようになりまして……どれほど言葉を尽くしても伝えられないぐらい感謝しています」

「ドーベルさん」

貴方《あなた》は本当に過剰労働しまくっていましたものね……昔の父に負けないぐらいの仕事量でした。脳みそ筋肉を狩っていた頃《ころ》が懐かしいですね。

「ロザリンド、ご褒美を連れてきたぞー」

カーティスの声にふり返ると、私の王子様……いや、騎士様がいらっしゃいました。あまりの素敵さにめまいを起こした私を、素晴らしい騎士様は慌てて抱き寄せてくれました。

「ロザリンド⁉　大丈夫⁉」

「はい……いえ、大丈夫じゃありません。私の脳内がえらいこっちゃです！　素敵です！　カッコいいです！　お持ち帰りしてもいいです⁉　むしろどこかへさらってください、地の果てまでもお供します！」

「あ……え？」

困惑するディルク。ディルクは騎士の正装で、髪をあげていました！

「カーティス、よくやった！」

「おー、予想以上に喜んだな……正装って何回か見てなかったか？」

「いやいや、だから言ったろ？　スタンダードが一番なんだよ。正装は見てても、髪までセットしたのは見てないだろ？　いいできだろ？」

ヒューがウインクしてきました。私はまだディルクに支えられています。なんという至福！

「ヒュー、カーティス、ありがとうございます。素晴らしいできばえです。私は幸せです」

「な？」

「女ってよくわかんねーな」

ちなみに、他の案としてディルクの女装もあったらしい。見たかったが本人が本気で拒否しているので諦《あきら》めました。

「アタシからは、コレよ」

にんまり笑ってマニキュアを振ったアディル。ネイルアートが得意でしたね。

「たまにはイイでしょ？」

さすがは私より女子力があるアディルです。私を席に座らせると、色とりどりのマニキュアを取り出しました。

「色に希望はある？」

「特には……」

特にないと言おうとして、思いついちゃいました。どうしよう……いや、女は度胸です！　希望は伝えねば！

「うん？」

「えっと、あの……ひ、左手の指輪に合うようなのがいい、です……」

うう、恥ずかしい。ディルクよ、嬉しそうにしないでください。余計いたたまれない！　あああ、こんな乙女思考思いついた自分が恥ずかしい‼

「左手？　リッカの花……あれ？　この指輪どっかで……」

「俺と揃《そろ》いの指輪なんだ」

うん、ディルクが満面の笑みです。ディルクの指輪を見て、納得した様子のアディル。

「納得したわ。それでこの反応か。いいわよ、その指輪がよく似合うようにしてあげる」

爪にマニキュアを塗ろうとしたアディルに待ったをかけた。

「せっかくなんで、また使いたいからつけ爪にしてもいいですか？」

「つけ爪？」

「これです。爪に貼り付けて使います」

「いいわね、コレ」

「ふふ、私が満足するネイルアートをしてくれたら、アデイルのも作ってあげますよ？」

「言ったわね？　最高のネイルアートを見せてやろうじゃない！」

アデイルはさすがでした。永久保存したいぐらいの素晴らしい腕前です。白地《しろじ》に青いリッカの花と小さなイミテーションジュエリーを付けた、清楚可愛《せいそかわい》いネイルです。

「はわー、可愛い！」

しかもしかも、要望通りですよ！

「うん、指輪にもよく似合っているね」

ディルクが私の手を取った。私もそう思います。ディルクの指輪に合わせた素敵ネイルアート……大満足です！　お礼にアデイルのサイズにあわせたつけ爪をいくつか作ってあげました。

「どーだ、嬢ちゃん。楽しんでるか？」

ネイルアートしてもらっていた間にヨッパライダーへとクラスチェンジしたルドルフさんに話しかけられました。

「はい、とても」

私は笑顔で返事をしました。仕方がないとはいえ、夏休みがあけたら騎士団に来れなくなるのが惜しくなるぐらい楽しいです。脳みそ筋肉は多いけど、騎士団は気のいい人が多いから、ちょっと……かなり寂しいと思っています。

「私、皆さんにご飯を作ってきたんです。おつまみも沢山ありますから、ぜひ食べてください」

私は暗い気持ちを誤魔化《ごまか》すように、特選素材込みの料理を大量にテーブルに並べていく。かなり頑張ったんだよね。

「うおおおお！」

「うめぇぇぇ！」

皆さん本気でむさぼり食っています。ちょっと怖い。あ、カーティスが肉じゃがの皿を持ち逃げ……よく見たら、ヒューはトンカツの皿を持ち逃げしている⁉　アデイルはカーティスに注目が集まってるうちにだし巻き玉子を黙々と食べています。

暗殺者は気に入った一品だけをむさぼり食う習性でもあるのでしょうか。

あ、フィズが幸せそうにご飯を食べている。ちゃんとキンピラごぼうを食べられていますね。美味《おい》しそうに食べる騎士団のみんなを眺めていたら、ディルクに散歩に誘われました。憧《あこが》れの騎士様から散歩に誘われたらどうします？

「どこにだってお供します！」

それはもう、即答でした。もはや反射レベルです。断る選択肢などありません！

「ありがとう」

ディルクは苦笑して、テラスに私を連れ出しました。ヒョイッと私をお姫様抱っこすると、テラスから飛び降りてお城の庭園に行きました。

「この辺りでいいかな。ロザリンド、結界はって」

「はーい、喜んで」

言われた通りに結界をはる。ディルクの様子がおかしい。緊張している？　真面目《まじめ》なお話かな？

庭園のベンチに降ろされました。

「ロザリンド」

「はい」

「俺、騎士を辞める」

「はいぃぃ？」

ビックリして、色々聞きたいのに頭が回らない。どういうこと？　騎士はディルクの夢なのに？

「それで、家を継ぐ。もう父さんとは話し合った。団長に辞表も出したよ」

「……理由を聞いても？」

ディルクは頷《うなず》いた。真《ま》っ直《す》ぐにディルクが私を見つめる。

「君と歩いていくためだよ」

「私と？」

「騎士でいても、君にしてあげられることはもうほとんどない。逆に仕事で君に付き合えないこともある。でもそれだけじゃなくて、侯爵になれば君がしたいことをサポートできる。女性の雇用や保険、福祉や農業なんかもね。だから決めたんだ。一生君と居るために、俺は侯爵になる。騎士に未練はないよ。もう未来の侯爵夫人としてロザリンドはお仕事しているから、色々教えてね」

ディルクは私に笑いかけた。確かにバートン侯爵領について私は勉強しているし、ローゼンベルク領との提携事業なんかもしている。私は別に、私が領地経営をしてディルクは騎士のままでいいと思っていた。

「ディルク……」

でもディルクは私の……私達のよりよい未来のために決断したのだ。やばい、胸が苦しい。こんなに私のことを想《おも》ってくれる人は、きっと他にいない。

ディルクは私の隣に立ちたいとよく言っていたけど、今の私はディルクに手を引かれて歩いているんじゃないかな。自然と笑顔になった。彼が好きすぎて、涙が一粒こぼれる。

「ロザリンド？」

優しく私の涙を拭《ぬぐ》う愛《いと》しい手に触れる。

「ディルク、気持ちが高ぶりすぎていてうまく言えない。大好きだよ。ずっとずっと、どこまでも二人で一緒に歩いていこう」

「……うん」

ディルクは甘やかな笑みを浮かべて私にキスを落とし、幸せすぎて震える私を宥《なだ》めるように抱きしめて、落ち着くまで待ってくれました。

言葉はなくて、とても静かだったけど……心が満たされていて、穏やかな時間でした。震えるほどの幸せなんて、本当にあるのですね。私は、本当に彼がいてくれるだけで幸せです。

◇◇◇

私達が戻るとオッサン達《ヨッパライダー》がケンカしていました。

「ディルクが強い！」

「いいや、ロザリンドちゃんだろ！」

心底どうでもいいネタだった。オッサン達（酒に呑《の》まれた）は私とディルクのどっちが強いかでもめているらしい。

「ちなみに物理縛りなら、圧倒的にディルクですよ」

「魔法ありだと五分五分だったけど、最近はロザリンドが手合わせ嫌がるので解りません」

「よし、なら今から手合わせだな！」

「「は？」」

「祭りだ、野郎共ぉぉ‼」

「うおおおお‼」

オッサン達の勢いに勝てなかった私達。どうしてこうなった⁉　これ私と……多分ディルクの慰労会だったんだよね⁉　主役を巻き込むなよ‼

祭りだわっしょいテンションのオッサン達（酔《よ》っ払《ぱら》い《い》）に連れられて、訓練所に来ました。

「ロザリンドには悪いけど、丁度いいかな。魔力の封印を解いてもらってから、調子がいいんだ。

魔法ありの全力で来て」

「はぁ……仕方ないね」

ディルクは槍《やり》、私は双剣を構える。どちらも模擬ではなく、指輪武器だ。更に私は、婚約指輪の防御魔法を展開する。ショートパンツにニーハイ、袖無《そでな》しタートルネックになる。動きを制限しないためだ。ディルクも動きやすい普通の騎士服に着替えている。

「始め！」

ルドルフさんの合図と共に、ディルクが一瞬で距離をつめる。無詠唱の衝撃波を展開するが避《よ》けられた。魔力コントロールが可能になった結果、ディルクは魔法の発動を感知できるようになってしまった。厄介なことこの上ない。無詠唱が当たらないとか、なんてチートだ！

「はっ！」

以前とは比較にならない！　一撃が重い！

「くっ！」

しかも速い速い速い！　英雄ほどは一撃が重くないのだが、そのぶん速さがある。さばくだけで精一杯だ。私は涙目である。今までロザリアと凛《りん》で分担していたのだが融合が進んだ結果、反応は速くなったが分担できなくなっている。つまり、魔法を使う隙が全くない！　このままなら確実に負けてしまう！

だが、そう簡単には負けてやらん！

「はあぁっ！」

魔力を双剣に込めた。魔力に呼応して、風属性が作動、不可視の真空の刃《やいば》を撒《ま》き散《ち》らす！

「⁉」

ディルクは危険を察知して飛《と》び退《の》いた。地面を真空の刃が抉《えぐ》る。

「えいえいえいえいえーい‼」

コントロールを考えず、とにかく火の玉を投げまくる。

「うわぁぁぁぁぁ⁉」

逃げるディルク。しかし逃がさん！　近寄られたら私の敗《ま》けだ！

「うわ！」

ついに火の玉を避けきれず、ディルクを直撃……したかに見えたがディルクの武器が火の玉を切り裂いた。

「「え？」」

そうか、ディルクの指輪武器もどちらかといえばカテゴリーは魔具。魔力を込めて切れば、魔法を無効にできるのか！　しかも、なんか形状が変化してないか⁉　ディルクの指輪は槍と双剣のみだったはずが、それ両手剣ですよね⁉

「はぁっ！」

「しまっ……」

驚いた一瞬で距離をつめられ、負けました。カラン、と双剣が落ちる。

私の首すじにはディルクの剣。

「……まいりました」

「勝者ディルク！」

歓声が沸き起こる。賭《か》けていた奴《やつ》もいたらしく、悔しがってますな。

「ディルク、もう一回！」

「うん」

ディルクは困った表情をしつつ、手合わせしてくれました。

結果？　惨敗ですよ！　速いし当たらない！　当たんなきゃ魔法は意味無いのですよ（逆ギレ）！

何をどうやっても勝てません！　気がつけば、四十九連敗です。ディルクも指輪を使いこなし、様々な武器を試しています。棒術なんかもできたんだね。ふ……ふふふ……知らなかったよ。魔法無効化に加えて手数が増えて、太刀打《たちう》ちできません。ヴァルキリーなら勝てるかもしんないけど、やりたくない。訓練所が全壊します。そもそも出す隙がない。

「ロザリンド嬢のガッツはすごいな」

フィズに呆《あき》れられている気がする。気のせいか？

「ああ……どんだけ負けても目が死んでないな」

「いや、体力もスゲーな。いくら回復魔法があっても、普通バテるだろ……」

「全く諦《あきら》めてねーな。ディルクがめちゃくちゃ強くても」

何やら騎士団のみんながぼそぼそ話している。いや、他はどうでもいい。考えろ、どうやれば勝てる？　実力差は歴然。作戦を立てるしかない。頭を使え！　考えろ、考えろ、考えろ！

「ロザリンド、必殺技は？」

カーティスが見かねたのか、アドバイスをくれた。必殺技？　あれか！　うん、イケる！

「カーティス、勝ったら今度お弁当作ってあげる！」

「マジで⁉　ロザリンド、頑張れー！」

「ロザリンドちゃん、次は勝てよ！」

「小娘、きばれ！」

「ロザリンドちゃん、ファイト！」

なんだかみんなに応援されていますね。にっこり笑って手を振って、ディルクを見る。

「これで最後にする！　手を抜かないでね？」

「うん！」

互いに武器を構える。

「では、始め！」

私は微笑《ほほえ》んでゆったりと歩く。片手には隠し武器のナイフ。指輪は指輪のままだ。ディルクの間合いに入るが、彼は無防備な私に警戒して攻撃を仕掛けてこない。

ディルクが私の射程に入った。私はナイフを投げる。ただし、前方のディルクではなく上に。

ディルクが一瞬ナイフを意識した隙をついて、閃光《せんこう》と大音量の破裂音が響いた。

「うぁ⁉」

音と光で一瞬硬直したディルクの背後に回り、腰に仕込んでいたナイフを首に当てた。

「勝者、ロザリンド！」

ルドルフさんが判定した。

「いやったぁぁぁ‼　勝ったぁぁぁぁ‼」

四十九連敗していいようが、勝ちは勝ち！　テンションマックスな私はみんなとハイタッチした。

「うー、まだ目がチカチカするし耳がいたい……負けちゃったか」

「ごめんね、ディルク」

「いや、勝負だし構わないよ。閃光で目が眩《くら》んだのは解るけど、何したの？」

「猫だましです」

「ねこだまし？」

「相手の鼻先で、両手を叩《たた》く奴ですね。指輪の光属性魔法で閃光をプラスして、風魔法で音を増幅したので正確には強化版猫だましでしょうか」

古きよき日本の国技の技ですね、猫だまし。カーティス達も暗殺者の技として習得していまして、普通にやるより音が大きくなるやり方を教えてもらってました。

「カーティス、約束したし今度お弁当作るからね」

「やった！」

「よーし！　ロザリンドちゃんの勝利を祝って胴上げだ！」

「は？」

盛り上がってしまった脳みそ筋肉を止める術《すべ》はありませんでした。なんだかんだバテていたため、あっさり捕獲された私。

「きゃあああああ⁉」

私はあっという間に胴上げされました。脳みそ筋肉パレードは、遠慮させてぇぇ⁉

高い！　怖い！　荒っぽい！　負の三拍子が揃《そろ》っていますよ⁉

ちょ！　ドーベルさん、成仏しろよなジェスチャーしてないで助けてぇぇ‼

「た、助けてぇぇ⁉」

ディルクが助けようとしてくれましたが、彼も疲れていたみたいで、厚い胸板に弾かれました。

なんてこった！　元暗殺者組は……ダメだ、爆笑してやがる！　フィズ……お前も合掌すんな！

た、助けてぇぇ！

しかし、私の願いもむなしく脳みそ筋肉ヨッパライダーわっしょいパレードは夜更けまで続き、寝落ち……いや気絶した私はディルクにお家《うち》まで送り届けられたそうです。

翌日、私は約束のお弁当を届けに騎士団に来ました。

「せい！」

「やあ！」

「まだまだぁぁ！」

皆さん、妙に気合い入っていませんか？　気のせい……じゃない気がする。

「あ、ロザリンドだ」

「カーティス、はい」

「肉じゃがは？」

「入っています。ぶれないね……なんか皆さん異様にヤル気満々じゃない？」

カーティスはへらっと笑った。

「ああ、ロザリンド効果」

「は？」

騎士団の皆さんは負けても負けても諦めないで工夫しては挑む私に触発されたらしいです。必死だっただけに恥ずかしい。ただの負けず嫌いですよ。

ま、まぁやる気があるのはいいよね！　と無理矢理納得して帰りました。


それからしばらく、たまに差し入れに騎士団へ行くと、

「その程度でへばってんじゃねえ！　ロザリンドちゃんは何十回ディルクに負けたってへこたれなかったんだぞ！」

「はい！　あんなに差があったって、最後は勝ちましたよね！　努力は裏切らない！　俺、頑張ります！」

……だとか、

「ロザリンドちゃんには負けてらんねぇぜ！　うおおお！」

……だとかを聞いてしまい、いたたまれなくなりました。私を引き合いに出すなよ！　騎士団では私＝努力家なイメージがついてしまい、私＝いいお手本となり……いつの間にか断罪の魔女王で

はなく、努力の聖女と勝手に陰で呼ばれていた。気づいた時にはもう遅かった。脳みそ筋肉はなかなか覚えないが、一度覚えると上書きが不可なのである。何度も何度も何度も修正をかけたがダメだった。そんなこっぱずかしい称号いらないから！　そもそも聖女じゃないっつーの‼

あああもう、どうしてこうなった⁉

第二章　ウルファネアと聖女

夏休み最初のお出かけはウルファネアです。招待状貰《もら》ったし、やることがたくさんありますから時短のためにさっさと転移の魔石で移動しました。

今回はディルクのみ同行です。侯爵のお勉強は新学期から本格的にするそうで、夏休みのお出かけに極力参加してくれるそうです。たくさん一緒に居られるのは嬉《うれ》しいけど大丈夫？　と尋ねると自分がしたいからだよ、無理はしてないと言ってくれました。私の婚約者はマジイケメンです。

先《ま》ずは町外れのシーダ君ちに行きました。鼠《ねずみ》獣人でミルフィの財布をすった少年です。

「やぁ」

「…………………なにしに来た」

「あ、肉のお姉ちゃんだ！」

「またご飯くれるの？」

シーダ君の弟妹《きょうだい》がわらわら寄ってきた。前回肉と野菜をあげたのを覚えていたんだね！　か、可愛《かわい》い！　毛並み少しよくなったね！　お姉ちゃんちょっとモフっていいかな？

「肉のお姉ちゃんではありません。ロザリンドお姉ちゃんです。きちんとロザリンドお姉ちゃんと言えた子にはお菓子をあげます」

「ロザリンドお姉ちゃん！」

「ロザリンドお姉ちゃんだね！」

子供は素直だね……おみやげにと大量に焼いたクッキーのバスケットを渡す。

「わぁぁ、いい匂《にお》い！」

むさぼり食う子供達。手ぐらい洗おうよ……いや、洗う隙に食われるんだね？　まぁいいか……。

「で、本当に何しに来たんだよ。うちのチビを餌付けしに来たわけじゃねーんだろ？」

「うん。これを育てて欲しいんだよね。ウルファネア王室から許可は貰っている。興味ある人には種を分けてあげて。とれた野菜は食べても売ってもいいよ。毎月報告書を提出してもらって、給金はその時になります」

「…………は？」

「え？」

シーダ君はなんでキョトンとしているの？

「あ、忘れちゃった？　大海嘯《だいかいしょう》、大変だったもんね。来るのも遅かったしね」

「あ……いや……むしろアンタが忘れてんじゃねーかと思ってたわ。解《わか》った。やる」

「じゃあこれ契約書。やり方の説明書。肥料と種だよ」

シーダ君は真面目《まじめ》に説明書を読んでいた。契約書も確認している。

「あ、これ前金。来月からは一か月分ずつになるから。お金が要るだろうし、今回だけ半額渡すわ」

お金を受けとり確認するシーダ君。顔が引きつっています。

「……多くね？」

「そのぶんきっちり働いてください。あれだけの弟妹を養うには多くない額でしょ？」

「解った」

シーダ君への依頼は喋《しゃべ》るお野菜を作り、広めること。さらに肥料による成長差のレポートなど多岐にわたる。ウルファネアとの土壌の違いの調査も兼ねていて、かなり面倒なお仕事である。ゆえに報酬は決して多すぎる額ではない。

「俺が金を持ち逃げするとか思わないわけ？」

「そもそも持ち逃げする人はそんなことを言い出しませんし、私は人を見る目に自信があります。それに持ち逃げするより、続けて私に信頼されて報酬アップを狙《ねら》った方がお得ですよ」

「確かに」

納得されました。ちなみにシーダ君は真面目に仕事をこなして本当に報酬をアップさせました。

更にはウルファネアで伝説のお野菜マイスターと呼ばれるようになるのですが、それはまた別の話です。

◇◇◇

ウルファネア王都は賑《にぎ》わいを見せていました。今日は大きなお祭りがあるそうで、露店がたくさん出ています。時間に余裕があるのでディルクとお祭りデートをしたわけですが……聖女まんじゅう（肉まん）はまだいい。美味《おい》しいし。

でも……でも……。

「聖女様の似顔絵だよ！」

「聖女様フィギュアはいかが？」

「聖女？」

「これ女なの？」

露天商に声をかけられた旅行者が首をかしげる。だってこれ……。

ヴァルキリーやないかーい‼

あああああ、つっこみたい！　確かに私だとは解らんだろうさ！　聖女の絵本には棒人間として
ヴァルキリーの肩に描かれていたよ！　私は確かに子供で小さいけども、ここまでミニマムじゃな
いっつーの！　聖女とか言われても、確かに男か女かわかんないだろ！

きっとラビオリさんは悪くない。ラビオリさんの説明を愉快な方向に曲解しやがったウルファネ
アの商人が悪いんだ！　崩れ落ちる私をディルクが支えてくれた。

「ろ、ロザリンド……大丈夫？」

ディルクも顔が引きつっています。大丈夫じゃありません。カーティスを連れてくれば良かった
かな……いっそ笑いとばして欲しいわ。八つ当たりでシバけるし。

「うん、まぁ……これなら私だとは誰《だれ》も思わないね」

私は気にしないことにした。気にしたら負けだ。まぁ、私＝ヴァルキリーに結構なダメージを受

けたが、逆に変装とか要らなくなりそうだからいいことにした。私は確実にウルファネアで精神的にたくましくなったと思います。

聖女問題で果てしなくテンション落ちましたが、ディルクとデートです！　落ちている暇なんぞありません！　それにしても、様々な商品がありますね。

あ、ヴァルキリーのお面……買いました。

聖女変身セット……これ、男の子用なの？　女の子用なの？　男女兼用でした。男の子に人気ですか。そうですか。だろうな。……買いました。

聖女フィギュア……あ、関節可動式タイプ発見！　こっちは豪華版……鎧《よろい》が付け替え可能？　あ、弓に……この剣カッコいい。手裏剣もあるわ。なんで？　変形して飛空艇モード？　すげぇぇぇ！　本当に変形したよ！　買いました。

こないだ買ったヴァルキリーフィギュアは大好評で、主に男の子達に大人気でした。アルディン様も欲しがっていたよ。これ暇があったら改造するか。きっと喜ぶね。ポッチ達も欲しがっていたので余分に買いました。ディルクも買っていました。ヴァルキリーカッコいいよね、とちょっと恥ずかしそうで可愛かったです。

聖女の似顔絵……なんか周囲に薔薇《ばら》とかをあしらっていてシュールでした。額縁の細工が綺麗《きれい》で残念感をさらに上げています。額縁の細工が気に入ったので額縁を買いました。多分母が喜びます。

聖女マスコット……可愛いな！　デフォルメされたヴァルキリーです！　買いました。肉持っているやつも……肉の聖女だからか？　違和感半端ないな。

聖女御守り……刺繍《ししゅう》がスゴい！　この技術力を他に活《い》かせよ！

ウルファネア国民は大雑把な反面、モノづくりの神と呼ばれる救世の聖女を祀《まつ》っているからか、技術力がスゴいらしい。フィギュアもクリスティアでは作るのが難しいレベルの品でした。でもこの刺繍……技術力はスゴいけど、センス悪い。肉持ったヴァルキリーや、薔薇をくわえたヴァルキリーの刺繍入り御守りなんて誰が買うんだ。

「やだ、これ面白い！」

「え？　ご利益は食うに困らない？　マジウケる！」

需要はありました。ネタ枠なんだね！　技術力の無駄遣いじゃなかったんだね！

姉妹品でヴァルキリーのカトラリーセットがありました。細工がすごかった。凛《りん》の世界でも産まれた子供に銀のスプーンを贈る風習があって確か意味は食うに困らないだったはず。買いました。

聖女絵本……怖いもの見たさで読みました。とりあえず、滅したくなりました。誰に言えば消せるんだ？

聖女風アクセサリー……いや、もはや聖女関係なくね？　銀細工に青い薔薇をあしらっていて、可愛い！　揃《そろ》いのレイピアブローチカッコいい！

ディルクがペンダントを買ってくれたので、私はレイピアブローチを買いました。

「ディルク、つけて」

「うん……」

髪を上げてペンダントをつけてもらう。ディルク、手が震えているけど大丈夫？　抱き合うみたいな姿勢だから、距離が近い。イタズラでちゅーしたら完全獣化して丸くなりました。

「心臓が破裂するから、いきなりはやめて！」

叱《しか》られましたが、またやりました。だって近いんだもん。たまにはいいじゃないか。

ブローチは私がつけてあげました。ディルクがちゅーを警戒していたのでしなかったら、お耳がへたって明らかにがっかりしていました。なので隙をついてちゅーしたら、文句をいいつつ尻尾《しっぽ》もお耳もゴキゲンです。ディルクは新たにツンデレも習得したようです。どこまで私を萌《も》えさせたら気がすむのですか？　ミルフィにツンデレ最高とか萌えていたから？　ディルクは今日も天使です。

食べ物屋は私がレシピ提供しただけあって、塩オンリーから脱却していました。焼き鳥おいしいです。私はタレ派です。

あ、煮豚……いや、オークか。ウルファネアは狩りが主体だから、普通に見えてたまにとんでもない肉が使われていて、屋台もスリリングです。肉系多いなぁ。サッパリ系のレシピも今度渡そう。

ディルクはハムスターみたくモシャモシャ食べまくっています。

「美味しい？」

「……正直に言った方がいい？」

「うん？　正直にで」

「ロザリンドのご飯よりも美味しいものは食べたことがない。毎日美味しすぎるご飯を食べているせいか……みんなが美味しいって言っていても、ロザリンドのご飯以外はあまり美味しくないんだよね。これは普通かな」

「一生ディルクのために美味しいご飯を作り続けます！」

「え？　ありがとう」

私は計画通りディルクの胃袋をがっちり掴《つか》んでいるみたいです！　一生離しませんよ！　そのために、更に精進せねば！　そして、はにかんだ笑顔ありがとうございます！　ごちそうさまです！

そんな感じで、ディルクとお祭りデートを楽しみました。

◇◇◇

今回、私は正式に招待状をもらってウルファネアに来ています。私は気がつくべきでした。あるいは、下調べをすべきでした。最低でも、ジャッシュ辺りに聞くべきでした。

気がつける所は……ヒントはあったのです。でも気がつきませんでした。知っていたら、気がついてたら来なかった！　仮病でも使ってお断りすべきでした！　今、私は猛烈に後悔している‼

「今年も開催になりました！　ウルファネア王室主催、筋肉祭‼」

そう、私は筋肉祭のために呼ばれたのです！　肉の聖女だからか⁉　ちくしょうめ！　素顔は出したくないからさっき買ったヴァルキリーのお面をかぶっています。

いやや、確かにマッチョ率が高いとは思ったのですよ。でも、ウルファネアはクリスティアより強そう＝マッチョな男性は好まれるから、マッチョ率が元から高めなんで気づけなかった。今思えば、マッチョドリンク（プロテイン的な成分入り）やら、マッチョ焼き（要はマッチョな人形焼き）やら……マッチョ製品も沢山あった。文化の違いかなとかのんびり考えていた自分を殴りたい！

筋肉祭……それは筋肉の祭典。ウルファネアで最も美しい筋肉を決める祭りである。上位者は筋肉パレードへの参加という栄誉を与えられ、優勝者は賞金と城で騎士として働ける権利を得る……らしい。

「帰りたい……」

ディルクも英雄の一人として審査員になりました。私はもともと審査員をするために呼ばれたらしいです。

「すまない……」

「恩を仇《あだ》で返すとはまさにこのことですよ！　ジェスの馬鹿！」

「知らなかったんだ！　まさか筋肉祭だから肉の聖女を呼ぼうとか、アホな案が可決されていたなんて……主《あるじ》、本当にすまない！」

土下座されました。やめてください。王族の土下座とか、本気で困ります！

「主じゃないったら！　呼ばれたものは仕方ない。正直ゴリマッチョは好まないのですが、頑張ります」

王宮の庭が開放され、ステージが作られていました。審査員は王様、ジューダス様、ジェス、私、ディルクです。他に筋肉評論家の怪しげなマッチョ親父《おやじ》と、去年の優勝マッチョが居ます。ちなみに私の右がディルクで左が優勝マッチョなんだけど、場所取りすぎじゃないかなと思う。優勝マッチョはでかいし太い。ディルクに席を寄せてひっついたら嬉《うれ》しそうにされました。くっ、人前でなければ（自主規制）。


筋肉祭は始まり、ステージには筋肉ムキムキなオッサン……いや、若いのが多いけどオッサンにしか見えない。それぞれにコメントして点をつけるのだが、私にも順番が回ってきた。

「聖女様はいかがですか？」

「ダメね。なってないわ」

「おやぁ？　立派な筋肉だと思いますが……」

「見た目だけね。しなやかさがない。筋肉は飾りじゃない！　実用性があってこそよ！」

「えええ？　ちょっと、ロザリンド？」

出場者と私が険悪なムードになったため、慌てるディルク。しかし、彼は更に驚くことになる。

「ディルク、脱いで！」

「……は？」

「ディルク、脱いで‼」

「えええええ⁉　や、ちょっと⁉　破ける！　破ける！　無理矢理脱がさないで‼」

私に無理矢理脱がされ、晒《さら》されたディルクの上半身。相変わらずいい腹筋ですね。

「見なさい、この実用性に富んだ、素晴らしすぎる筋肉を！　無駄なくしなやかで、柔軟な筋肉を‼　この筋肉こそ至上！　無駄なき美の前に平伏《ひれふ》すがいい！」

　熱くディルクの筋肉について語る私。しかし、嘲笑《ちょうしょう》が響いた。

「そんなヒョロイ体が至上とか笑わせてくれるなぁ。肉の聖女様とはいえ、しょせん小娘。子供に筋肉の良さはわかんねぇだろ」

「解りますよ？　ただ、貴殿方の筋肉は不自然すぎて美しくありません。むしろ醜くいびつに見えます。筋肉は鍛えすぎると内臓を肥大させ、心臓に負荷もかかる。歴代の優勝者は短命でしょう？ちょっと調べれば解りますよね？」

　場内が静まり返った。

「……聖女様、それは本当ですか？」

　隣の筋肉……じゃなかった、去年の優勝者が青ざめています。

「……はい。残念ながら嘘《うそ》は言っていません。事実です。内臓の不調等はありませんか？」

「……あります。まさか、まさか筋肉が体を蝕《むしば》むなんて……！」

「いや、今から緩やかに筋肉落とせば多分大丈夫ですよ」

「俺は納得がいかねぇ！　強さこそ、力こそ筋肉！　そこのモヤシが最高の筋肉だって言うなら、俺と戦わせろ！」

「ふむ。一理ありますね。ディルク、どうする？」

「え？　手合わせってこと？　いいよ」

　と、いうわけで筋肉ムキムキ対ディルクとなりました。司会者さん達が椅子と机を避《よ》けて、ステージを広くします。

改めて見ると、体格差がすごい。ディルクも身長高めだけど、絡んできた筋肉ムキムキは二メートルはある巨漢だ。

しかし、ディルクは英雄並みの身体能力をもつ男である。

「だぁ！」

「この！」

「おらぁ！」

筋肉ムキムキは果敢に攻めるが当たらない。私がやっても当たらないぐらいなのだから、当たるはずない。ディルクは余裕そうだ。筋肉ムキムキがディルクを捕え……てない！　ギリギリで避け、腕を伝うように走り、首に手刀一撃をおみまいした。筋肉ムキムキは気絶し、あっけなく倒れた。

「えっと……全員相手しますか？」

みんなが呆然《ぼうぜん》としている。ディルクは首をかしげた。多分ディルクなら参加者全員を一気に相手にしても大丈夫だろう。しかも魔力操作もしてなかったね。筋肉があったって、実戦で使えるかはまた別の話だ。

「いや、あいつは今年の優勝候補だったんだ。俺達ではあんたに勝てないだろう。肉の聖女様のいう通りだ……見せかけの筋肉に気をとられ、本質である強さを見失っちまった」

「そうだな。肉の聖女様のいう通り、あんたの筋肉はしなやかで強く、美しい」

どうでもいいけど、肉の聖女肉の聖女連呼すんな。

「なるほど！　では皆様に問いましょう！　今年の優勝者は⁉」

高らかに、ディルクがコールされちゃいました。

は、ははははは。これはもしかしなくても私のせい？

「ロザリンド……」

「はい」

「あとで埋め合わせして……」

騎士団での経験からか、ディルクは早々に抵抗を諦《あきら》めたみたいです。なんというか、絶望した表情だ。

「……なんなりとお申し付けください。マジでごめん！」

心から謝罪しました。いや、うん……なんというか、筋肉ムキムキばっかり見ていたらお腹《なか》一杯で暴走しました！　でも筋肉つけすぎは身体《からだ》に良くないから、健康的な意味ではよかったよね！

そして、筋肉パレードの準備がされているわけだが……。

ズドドドド……と轟音《ごうおん》が鳴り響きました。え？　何の騒ぎ？

「ディルクさまぁぁ‼」

「逃がすな、追えぇ！」

「メチャクチャはえぇ⁉」

「諦めんな……ぎゃあああ！」

しばらくして、ディルクが逃げてきた。

「あんなの無理！　絶対やだ！」

「へ？」

別室でお茶して、ディルクを待っていた私。半裸のディルクに泣きつかれました。素晴らしい眺めですね。眼福です。ごちそうさまです。

「あんなピッチピチパンツ一枚でパレードとか、何の罰ゲーム!?」

「ああ……筋肉パレードだもんね。筋肉を見せるためか」

「納得しないで！　とにかくロザリンド！　俺を連れて逃げて!!　今すぐに！」

「いや、一応外交で来ているから……」

普段なら喜んで！　なんだけど、正式訪問した他国の祭典をボイコットはちとまずい。

「ええ……」

ディルクが涙目で可愛《かわい》い……ではなく、ボイコットしなくていい状況にしたらいいわけだ。

「なんとかするよ。行こう、ディルク」

ディルクは素直についてきました。

「あ、ディルク様！」

「囲め！」

「逃がすな！」

ブーメランパンツのマッチョ達に囲まれた！　でかいし圧迫感すごい!!　じりじり近寄るな！

怖い怖い怖い！　ハァハァすんな！　いや走り回らされた結果なのは理解しているが怖すぎる‼

「ディルク……」

あううう、怖いよぅ……これ説得どころじゃない！　涙目でディルクを見たら、キレていました。なぜだ。

「あのさ、君達。俺を追いかけ回したのはまだいい。君達はお祭りのために頑張った。でもさ、俺の大事なつがいを怯《おび》えさせるとか、何？」

やばぁぁぁい！　怖いがカッコいい！　え？　私のためにキレてるの？　まーじーで？　怖いせいかカッコいいせいか……いや両方だね！　ドキドキしています。しかし普段温厚な人がキレると超怖いね！　今度はマッチョ達が怯えてます。うん。私も怖いよ。仕方ないね。

「ディルク、怒ってくれてありがとう。さすがに怖かったわ」

「うん」

ふんわり笑うディルク。うん、ディルクは笑顔が一番ですね。

「さて、私は貴殿方に不服を申し立てに来ました」

「はい？　なんでしょうか」

優勝候補だったマッチョが聞いてきた。

「ディルクの下半身は私のモノです」

場がしん、と静まった。うん。言い回しを間違ったな。いいや、そのまま押しきるぞー。

「ディルクの下着姿を見ていいのは私だけです。百万歩譲って上半身の露出は許しますが、下半身はダメです。つがいとして許可できません」

「いや、しかし伝統でして……」

仕方ない。ならば具体的に見せてやる！

「ゴラちゃん、カモン！」

「呼ンダカ？」

ゴラちゃんは可愛く首をかしげた。

「い・ま・だ・け！　限定で服なし人化を許可します」

「ハアッ！」

変態……じゃなかった、葉っぱゴラちゃんを指差して私は言った。

「貴殿方はこのゴラちゃんと露出度がさして変わりません。いいえ、股間《こかん》のラインがくっきり出るぶんゴラちゃんより卑猥《ひわい》です」

「あれより……」

「卑猥……」

ショックを受けるマッチョ達。いや、たいして変わんなくね？

「私は愛するつがいをこんな卑猥な姿で人前に出したくありません！　楽しむなら二人きりです！」

「その情報は要らなかったよね!?　他人に見せたくないまでで良かったよね!?」

「つい本音が……二人だけならいいよね？」

「う……………ちょっとなら……」

首をかしげてねだったら、まさかのオッケーきました！　あとで絶対着せるからね！

なんかマッチョ達が股間を隠してモジモジしている。今さら恥ずかしくなったのか。

「わ、我々はどうしたら……」

「ウルファネアには筋肉を見せつけるに相応《ふさわ》しい、素敵な民族衣装があるじゃないですか。それでいきましょうよ」

パレードは大盛況です。何故か私もディルクとフロートに乗っています。なんでだ？　私は要らなくね？　私は顔を出したくないので相変わらずお面をつけています。

「聖女様、万歳！」

「筋肉肉肉！」

「ロッザリンドォォ‼」

「肉肉！　筋肉！」

「ロッザリンドォォ」

誰か変なコール＆レスポンスやりだした！　微妙に筋肉ぶっこんできやがった！　上手《うま》いこと言うんじゃない！

「あれが筋肉の聖女様？」

「まだ子供なのね、筋肉の聖女様」

筋肉の聖女でもなぁぁぁぃ‼　くそう、誰だ筋肉でコール＆レスポンスしやがった奴《やつ》！　このままでは筋肉の聖女になってしまう！

「筋肉の聖女様、万歳‼」

「筋肉！　筋肉！」

「ロッザリンドォォ！」

「ムキムキ筋肉！」

「ロッザリンドォォ」

やめろぉぉぉ‼　それ、私が筋肉ムキムキみたいじゃないか！　確かに筋肉あるけど！　ムキムキではなぁぁぁい‼　私は多大なストレスを緩和するため、素晴らしいつがいを眺めることにしました。

「はぅ……ディルク素敵……」

「あ、ありがとう」

ディルクはウルファネアのアオザイ風民族衣装を着ています。しかも胸元をはだけてチラ見えのオプション付き！　あとで撫《な》で回したい！　いや、絶対触る！

他のマッチョもはだけさせた民族衣装を着ています。この世界でもチラリズムはロマンらしく、ブーメランパンツよりもチラ見え筋肉は好評だったようです。翌年から筋肉祭はウルファネア武術大会になり、パレードは民族衣装着用でとなりました。

こうして、筋肉祭は聖女の称号を微妙に変えながら終了しました。

どうしてこうなった⁉

◇◇◇

パレードのあとは晩餐会《ばんさん》です。着替えて広間に案内されました。今回はディルクに悪い虫を寄せ付けませんよ！　と気合いを入れましたが、すでに悪い虫は群がっていました。仕事しろ！　給仕したらさっさとどきなさいよ！　蹴散《けち》らそうと息を吸う。しかし私が動くより先にディルクが動いた。

「すいません、俺のつがいは他の女性が俺に近寄るのを嫌がります。給仕は結構です」

ディルクはやんわりお断りしました。同じ間違いはしないのですね。うん、なんか嬉《うれ》しい。

「ディルク」

「ロザリンド！　うわ、可愛いね！　よく似合っているよ」

私もディルクもアオザイ風の衣装をウルファネアから用意されて着ています。髪はおだんごヘアにされています。

「ディルクも素敵です。先ほどの給仕の女性……」

ディルクの表情が引きつった。いやいや、叱《しか》らないよ。

「私のためにお断りしてくれて嬉しいです。私はディルクが他の女性にベタベタされているのは非常に面白くありません」

「うん」

明らかにほっとして嬉しそうな様子のディルク。隣の席に座った。対面に来る予定の方はまだみたいだね。

「シャルト侯爵がお見えになりました」

現れたのは黒豹《くろひょう》の老獣人。私達を見て、驚いた様子だ。私達は席を立ち、老獣人に挨拶《あいさつ》をした。

「初めまして。ディルク=バートンです」

「初めまして。ロザリンド=ローゼンベルクです。お祖父様《じいさま》、とお呼びしてもよろしいでしょうか？」

老獣人は目を逸《そ》らした。嫌われてはいないみたい。耳と尻尾《しっぽ》は……緊張かな？

「……かまわん」

「ありがとうございます！」

うふふ。絶対に仲良くなるもんね！　ツンデレミルフィを落とした私！　やればできる子です！

今回の訪問ではこのお祖父様と仲良くなるのも目的のうちです。この方はディルクの母方のお祖父様なのです。ディルクのお母様は、駆け落ち同然でディルクのお父様と結婚。実家とは断絶状態のまま、流行《はや》り病でお母様は亡くなってしまった。

ディルクとあらかじめ話をしまして、ジェスに協力要請をしました。お祖父様は席につくと、ソワソワしながらもディルクに話しかけました。

「その……そなたは騎士……であるな」

「はい。騎士でした。今は騎士を辞めて侯爵家を継ぐための勉強をしております。よろしければ、

先輩としてお話を聞かせていただけると嬉しいです」

「なんと！　そ、そうかそうか。なんでも聞くがよいぞ！」

お祖父様嬉しそうだな。ディルクは真面目《まじめ》に外交や仕事の難しいことなどを聞いている。なかなか話が盛り上がってますな。ジェスとジューダス様は微笑《ほほえ》ましそう。王様は……食事に夢中です。

「大変ためになりました。ありがとうございます」

どうやら、お仕事の話は終わったようです。お祖父様、緊張していますね。どうしたのかな？

「そ、そなたも……お、お、お祖父様と呼んでよいのだぞ。じ、実際に我が孫でありゅしな！」

噛《か》んだよ、お祖父様！　そんなに緊張しなくても、ディルクは優しいよ？

「はい。ありがとうございます、お祖父様」

ディルクは穏やかに微笑んだ。よかったね、お祖父様。めちゃくちゃ嬉しそうだな。

「た、たまには遊びに来るがよい！　か、歓迎してやる！　そなたはウルファネアの英雄でもあるからな！　これは義務でもあるのだ！　え、遠慮せず来るがよい！　なんなら今日でもよいぞ！」

あ、お祖父様の侍従さんが素早く外に出た。連絡するのかな？　別に城に泊まらなきゃいけないわけではないし……どうする？　と目線で問いかける。ディルクは頷《うなず》いた。行くのね？　了解です。

「あの、薔薇《ばら》園はまだありますか？　母がとても好きだったと話していて、一度見てみたかったのですが」

「無論ある！　だが……今は花がない」

ユグドラシルの件で花は全《すべ》て枯れてしまったらしい。本来は色とりどりの花がある、素晴らしい庭園なんだそうです。

「そうでしたか……でも見てみたいです。お邪魔してもよろしいですか？」

「うむ、かまわぬぞ！　ロバート！　ロバート!?　侍従がおらなんだ！　探してくる！　屋敷に連絡せねばな！」

お祖父様は機敏な動きで侍従さんを探しに行きました。元気だなー。

「さて、ジェスの用事を先に済ませるかな。手を出して。魔力を調べるよ」

お祖父様が侍従さんと連絡している間に、さっさと用事を済ませちゃお。ジェスは素直に手を出した。魔力の流れは安定し、淀《よど》みなく流れている。

「うん、大丈夫。これならもう成長が止まることは無いね。魔力はちゃんと安定しているよ」

「また止まる可能性もあるのか？」

「前回は魔力の流れをよくしたんだけど、人によってはぶり返す場合もあるのよ。ジェスは正常に流れているし、淀みもないから大丈夫。無いとは思うけど、万が一なんかあったら呼んで」

「解った。すまない、主……与えてもらうばかりで……」

項垂《うなだ》れるジェス。いえいえ、ギブアンドテイクです。一方的な関係なんて続かないよ。

「主じゃないったら。そんなわけないじゃん。今回のセッティングしてくれたし、そもそもジェスがウルファネアの復興を頑張っているから、私は別のことができるんだよ？　私が貰《もら》いすぎなぐらいだよ」

「……俺がウルファネアを守るのは王族としての義務だが……そうか。さらに頑張ろう」

「無理ない程度でよろしく」

私とジェスは互いに笑いあった。さて、ちらりとジューダス様を見た。手首の腕輪がほんのり黒ずんでいる。

「ジューダス様、その腕輪は使い捨ての魔具です。いずれは使えなくなります。クリスティアの賢者がそう判断したので間違いないかと」

「……そうか」

ジューダス様は知っていたらしく、力なく微笑んだ。

「兄上……」

悲痛な表情のジェス。腕輪が無ければまた聖域に逆戻り……なのかな。

「……というわけで、取引です！」

「「は？」」

私は大容量鞄《かばん》から腕輪をジャラジャラ大量に出して並べた。

「ジューダス様の腕輪を複製しまくりました！」

「くっ……はははは！　取引か。ロザリンドは何を望む？」

「『聖女の恵み』をクリスティアに広めたいんですよね。米は保存食として優れていますし、美味《おい》しいし美味しいし美味しいので」

「……ロザリンドはお米が好きだね」

「はい！　大好物です！　で、いかがですか？　陛下」

「ふむ、かまわぬ。確かにあのおにぎりとやらはうまかった。他国といえど、うまいものが増えるのは良いことだ。王家は栽培が難しいから保護のために王室のみとしていただけだしな」

「なるほど。対価は無期限で腕輪を提供する、ということでいかがですか？」

「よかろう」

「ロザリンドは損しないのか？」

「米で利益を出しますし、利益が無くても米がお店なんかに普及して食べられるようになるなら、かまいません！」

なぜだ、みんなが呆《あき》れている気がする。パンもいいけど、米に飢えていたんですよ！　クリスティアにある米はなんか日本の米と違うし！　正式に契約書を作り、ありったけの腕輪を渡しました。

「足りなくなったらまた作りますから、言ってください」

「すまんな」

「お気になさらず。私にも利がありますから」

そんな会話をしていたら、お祖父様が戻ってきた。

「ディルク、ロザリンド嬢！　馬車を手配した！　我が屋敷に来るがよい！　陛下、殿下……わしらはこれにて失礼いたします」

「ふふ……そなたがそのようにはしゃぐのは珍しいな。我らが聖女様と英雄殿を存分に歓待せよ。本来は城に滞在していただく予定だったが、英雄殿の望みだ。叶《かな》えねばなるまい」

「はっ！　ディルク、ロザリンド嬢！　陛下からの命だ。楽しむがよいぞ」

「はい。我が儘《まま》を聞いてくださりありがとうございます、お祖父様」

「お祖父様のおうち、楽しみですわ」

なんかお祖父様可愛《かわい》いな！　お耳と尻尾、ディルクがご機嫌な時と同じ動きだよ。

「うむ！　期待するがよい！」

こうして私達はやたら可愛いお祖父様とお城をあとにしたのでした。

◇◇◇

俺とロザリンドはお祖父様のお屋敷に到着した。そして屋敷の扉を開けたとたんに飛び出してきた黒豹の女性獣人にロザリンドは熱烈なハグをされた。慌てて引き剥《は》がそうとしたら、彼女は通常運転でした。

「なんという羨まけしからんお胸……」

ロザリンドのそこへの執着はなんなのだろうか。今でもよくわからない。大丈夫なのは解った。

「あの、初めまして……フィーディア叔母《おば》様……ですか？」

母からよく聞いていた。陽気で溌剌《はつらつ》とした妹。黒髪のくせ毛でよく笑うのだと言っていた。

「ええ、そうよ」

不審に思う様子もなく、フィーディア叔母様はにっこりと笑った。

「母からよく話をうかがっていました。お会いできて嬉しいです」

あれ？　フィーディア叔母様とお祖父様はなんで固まっているんだ？

「なんて言っていたの⁉」

「なんと言っておった⁉」

「え？」

そこはそんなに食いつくとこだろうか。不思議に思ったが、幼い頃《ころ》に何度も聞かされた母の話を懐かしく思いながら話そうとした。

「あああ、ズルいズルい！　お姉様！　わたくし達もディルクちゃんからお話を聞きたいですわ！　わたくしのことも当然！　聞いておりますわよね！」

さらさらの黒髪。細身の黒豹獣人の女性。穏やかそうな印象だ。

「ミュー叔母様……ですか？」

確か本名はミュディアだったかな？　ミューは母がつけた愛称だ。ミュー叔母様は嬉《うれ》しそうに何度も頷いた。

「そうよ！　さ、入って入って！　たくさんお話をしましょうね！」

叔母様達に連れられて、応接間……かな？　に通された。そこには鍛えられた体躯《たいく》の長髪な男性と、やたらにひょろい短髪の男性がいた。どちらも黒豹獣人だ。

「初めまして、ディルク＝バートンです。ディスク叔父《おじ》様とディーゼル叔父様……ですか？」

ディスク叔父様は目を見開いて頷き、ディーゼル叔父様は嬉しそうに微笑《ほほえ》んだ。

「やあ、待っていたよ」

ディーゼル叔父様は俺とロザリンドに椅子を引いてくれた。

「あ、私お土産にお菓子を作ってきたのです。よろしければどうぞ！」

ロザリンドがバスケットを取り出した。うん、普通はビックリします。ウエストポーチから三倍はある大きめのバスケットが出てきたんだから。

「ケーキもありますよ！」

ロザリンドは更に……チーズケーキを取り出した。俺以外の黒豹獣人がロザリンドの手元とウエストポーチを交互に見ている。不思議だよね。ウルファネアは魔具自体が珍しい。

「彼女の鞄は魔具なので、容量を魔法で大きくしているのですよ。彼女のお菓子は本当においしいですよ」

俺の言葉に納得したようだ。お茶が出され、ロザリンドのお菓子も並べられた。バスケットの中身はクッキーとスフレだった。チーズケーキは切り分けられた。普段なら丸ごと食べるけど、たまにはいいかな。ロザリンドのお菓子はいつも通りおいしい。

「うまい！」

お祖父様が目を見開いた。うんうん、おいしいよね。

「はい、ロザリンドのお菓子は世界一ですから」

みんな微笑んでいたけど、ロザリンドのお菓子を一口食べたら無言でがっつき始めた。そして、瞬く間になくなった。

「本当に世界一ね！」

ミュー叔母様がキラキラした瞳《ひとみ》でロザリンドを見ている。あの、口にチーズケーキがついていますよ？　ロザリンドのお菓子は大好評でした。

フィーディア叔母様とミュー叔母様には子供がいるのでぜひとも食べさせたいと言われ、ロザリンドはお土産を追加で出した。ちなみにフィーディア叔母様の子供達は十三歳と十一歳で、ミュー叔母様の子供達は三歳の双子だそうです。

俺の母さんは長女で、次女、三女、長男、次男の順に生まれたらしい。つまり、フィーディア叔母様、ミュー叔母様、ディスク叔父様、ディーゼル叔父様の順だ。男性二人は、未婚。お祖母様《ばあさま》はディーゼル叔父様を生んでしばらくして亡くなったらしい。

屋敷に結婚したフィーディア叔母様とミュー叔母様が居たのは、たまたま筋肉祭見物に来ていたから。タイミングが良かったようだ。

「……俺は騎士団で働いている。あとで手合わせ願いたい。遠目だが、英雄に優るとも劣らぬ素晴らしい技だった」

「はい、あとでぜひ！」

ディスク叔父様に笑顔で応じると、視界の端に小さな生きものが見えた。

「いらっしゃい、マディラ、マルラ。紹介するわね、ディルクちゃん、ロザリンドちゃん。私の息子達よ」

小さな子供達に目線を合わせ、にっこりと笑った。

「俺はディルクだよ。よろしくね」

「私はロザリンドです。よろしくね」

ロザリンドも柔らかく微笑んだ。完璧《かんぺき》な笑顔だけど付き合いが長いせいか、気がついてしまった。ロザリンドにはこの子達が子猫に見えているんだろうな。なんというか、モフりたい！　と顔に書いてあるよ。

「やら！　にんげんとはなかよくしにゃい！」

「しにゃーい」

「マルラ！　マディラ！」

ミュー叔母様が二人を叱《しか》ろうとした。しかし、ロザリンドはへらっと笑った。

「えー？　仲良くしてくれたら、魔法見せてあげたのになぁ。残念ね」

「「え？」」

子供は現金なものである。

「魔法？」

「魔法できる？」

瞳をキラキラと輝かせて、ロザリンドに話しかける。ロザリンドはウィンクを俺にして、子供達を連れて部屋から出ていった。

きっと、話を邪魔しないよう気を遣ってくれたのだ。俺がここに来た目的を、果たそう。

「お祖父様、母は後悔していました。俺は、それを伝えたくてここに来ました」

「お前の母は、ディジャは……幸せではなかったと？」

「いいえ」

俺は首を振った。それはない。あの人は幸せだった。

「俺に毎日幸せだと話していました。でも、ちゃんとお祖父様と話して許しを得るべきだったとも言っていました」

「わしを、恨んでおったか？」

「いいえ。最期の心残りは、俺とここに来れなかったことだと言っていました。お祖父様、母は幸せでしたよ。母の最期の言葉をお伝えします」

俺は息を吸った。一言一句間違わないよう、母の最期を思い出す。

『私は幸せよ。素敵な旦那《だんな》様と愛《いと》しい子……ディルクの成長を見守れないのが残念だけど。いつか、わからず屋のお父様に伝えてね。ちゃんと死ぬまで幸せだったわ……ごめんなさいって』

それが、母の最期。幸せそうに……眠るように息をひきとった。

「それから、母はよく皆さんの話をしていました。そしていつか俺を皆さんに紹介して、この屋敷の大好きな庭園も見せるのだと。母から聞くウルファネアの話はいつも面白くて、もっともっとよくねだっていました」

「お父様のバカ！」

「そうよ、意地はって！　お姉様の結婚を認めないからよ！」

「あ、あたた！　引《ひ》っ掻《か》くでないわ！　し、仕方ないじゃろ！　よりによって人間に嫁いで、差別が酷《ひど》いクリスティアに行くなんぞ認められんわ！」

「母はお祖父様が心配してくれていたと理解していましたよ。それに……叔母《おば》様がた、お祖父様は毎年母に花を贈ってくださっています」

「「え？」」

「母の好きな薔薇《ばら》を、毎年命日に」

「知っておったのか」

「はい。父から手紙を預かっています。本来ならば出向くべきだったのでしょうが、仕事がありまして。それに、本当は会いに来る予定はなかったんです」

自然と笑顔になってしまう。ウルファネアに行く数日前、母の命日に父とロザリンドと三人で一緒に墓参りをして、たまたま母の遺言の話になった。するとロザリンドはニカッと笑った。

「なら、会いに行くか！　ジェスにセッティングしてもらうね！　大丈夫、大丈夫！　私はディルクのお祖父様ならいくら冷たくあしらわれようが、最後は仲良くなる自信があるよ！」

なんというか、ロザリンドならできてしまう気がした。ロザリンドは父を説得して手紙を書かせ、あっという間に今回の段取りを組んでしまった。

彼女はいとも簡単に背中を押して歩かせる。ロザリンドというきっかけがなかったら、多分俺はここに居なかった。

「きっかけは俺の婚約者でつがいのロザリンドでしたけど、本当にここに来て良かったです」

母はこの人達を愛していて、母は今も愛されている。母はお祖父様を恨んでなんかいないと伝えられて良かった。たくさん話をしたし、聞いた。幼い母の話はとても面白かった。

ロザリンドに会いたいな。君のおかげだと言いたい。

そして、話が終わってロザリンドを探しに行った。


「ぎゃはははは！」

「あははははは！」

「にゃははははは！」

「わはははははは！」

爆笑する子供達。なんか増えているし。しかもめちゃくちゃ仲良くなっているし。そんな中で、ロザリンドは女子にあるまじき変顔を披露していました。

「ぶふっ」

「あ、ディルク⁉　あ、あわわわわ……こ、これはにらめっこという遊びでして……」

吹き出した俺にあわあわと弁明するロザリンド。顔を真っ赤《まっか》にして、慌てている。普段はわりと大人びているからかなり珍しい表情だ。

俺の大事なつがいは、本当に予想外で面白くて可愛《かわい》くて……最高だと思います！

◇◇◇

時間は少し遡《さかのぼ》る。私はちみっ子達と遊ぶことになりました。

先ほど城に居たできる侍従さんが案内してくれて、別室に通されました。ここはダンスホールかな？　かなり広さがあるので色々できそうだ。気が利くなぁ。

「「魔法は？」」

期待に満ちた瞳を向けてきたちみっ子達。

「今見せてあげるよ」

今度隠し芸として披露しようと思っていたオリジナル魔法を発動させる。水の魔法で動物を作り、風の魔法を併用して飛んだり跳ねたりさせた。さらに光の魔法で意図的に虹《にじ》を作る。

私は歌い、歌に合わせて水の豹《ひょう》と鳥がダンスを踊る。たまにちみっ子達にタッチした。ちみっ子も一緒に楽しげにダンスを踊りだした。

歌い終わると水の動物は消えた。双子は一生懸命拍手をしてくれました。あ、侍従さんも拍手してくれてる。

「しゅごい！」

「おもちろかった！」

キラキラした瞳のちみっ子達をさりげなくモフる私。素晴らしいモフ心地。ディルクより毛並みが柔らかいね。ちみっ子だからかな？

「魔法みたい！」

「魔法もっと！」

ちみっ子達にねだられたので、ヴァルキリー飛空艇モード……ただし三人乗りのミニサイズを出した。

「「かっこいー！」」

ふはは、男の子は好きだよね、こーゆーのが。

「乗るよー」

「「のれるの⁉」」

ちみっ子達は大興奮である。浮いたらキャー！　進んだらニャー！　しばらく飛空艇で遊んでいたら、他の子供が来ました。

「なんだこれ！」

「いったん休憩しようか」

ちみっ子達と降りて、ヴァルキリーは指輪に戻した。

私はたくさん作ったチーズケーキとクッキーをウエストポーチから出した。

侍従さんが私にはお茶、子供達にはホットミルクを出す。マジで気が利くな！

「人間の食い物ね……」

先ほど来た二人は私より年上と同じくらいの兄妹。先ほど熱い抱擁で歓迎してくれたディルクの叔母様の子供だそうです。妹はラァラ。大人しくて可愛い。兄はラグラス。どうも私が気に入らないようだ。どちらも黒豹《くろひょう》の獣人である。ぜひモフりたい。

ラグラスがおやつに警戒しているので話しかけた。

「嫌なら食べなくて……」

「おいちい！」

「おいちいよ！　おねえちゃん！」

ちみっ子達ががっつく。お母様そっくりだな。顔にチーズケーキがついている。私はラグラスを放置して双子の食べかすを無言で拭《ふ》き取ってやる。

「ありがとう、おねえちゃん！」

「おいちいよ、おねえちゃん！」

「あ、おいしい……」

双子を見て、ラァラも食べ始めた。静かに早い！　おいしいのだろう。口元がほころんでいる。

口をへの字にしていたが、ついにラグラスが一口食べた。

「うめぇ！　なんだこれ⁉」

「チーズケーキです。私はさっき食べましたから、よろしければ味見しますか？」

ラグラスに返答して、侍従さんに私のチーズケーキを差し出す。侍従さんは一応断ったが、興味があったのだろう。一口食べた。

「うまい……あ、お、おいしい……です」

素は柄が悪いのかな？　慌てて取り繕う侍従さん。別に気にしないけどね。どうでもいいけど、私の料理には人を素にしてしまう効果が……あるわけないな。

アホなことを考えつつ、侍従さんにおやつを勧めた。

「よろしければどうぞ」

「ありがとうございます」

気に入ったのか素早く食べてしまいました。さて、子供達は……完食していた。早くね？　そして、クッキー（最後の一枚）を無言で取り合う構えである。

「……全員一枚ずつで終わりですよ」

私は非常食（ディルク用おやつ）からクッキーを取りだし、一枚ずつ全員に渡した。子供達は幸せそうである。おいしいものは警戒心も緩ませるようで、ラグラスもすっかり警戒が薄れている。

「みんなで遊ぼうか」

「わーい！」

「あしょぶ！」

「何をします？」

「……仕方ないな」

結局、年齢差があるんでにらめっこになりました。ルールもシンプルだし、三歳でもイケる！

「にーらめっこしーましょ、笑うと負けよ」

「「「「あっぷっぷ」」」」

凛《りん》はにらめっこで負けなしです！　ふはははは！　我が最終兵器変顔《リーサルウエポン・クレイジーフェイス》に平伏《ひれふ》すがよいわ！

美少女の超絶残念フェイスを見よ！

「ぎゃははははは！」

「あはははははは！」

「にゃはははは！」

「わはははは！」

予想通り爆笑する子供達。そして、予想外の、居てはならない人が居ました。

「ぶふっ」

ディルクがぷるぷるしています！

み、見られたぁぁ!!　一番見られたくなかった人に見られたぁぁ!!

「あ、ディルク!?　あ、あわわわわ……こ、これはにらめっこという遊びでして……」

私は涙目である。これで愛想をつかされたらどうしよう!?

「ふふ、すっかり仲良くなったみたいだね。さすがはロザリンドだ」

ディルクはいつも通りの笑顔です。よかった……嫌われなかった！　先ほどの変顔は女子として完璧《かんぺき》アウトでしたが、寛大なディルクは見なかったことにしてくれたようです。

「ディルクはどうだったの？」

「おかげさまで沢山話したよ」

ディルクはにっこり笑うとナデナデしてくれました。えへへ、幸せ。

「ロザリンド、お祖父様から許可をもらったから庭園を一緒に見に行こう」

「はい」

「ごめんね、借りていくよ」

ディルクは子供達にそう告げると、私を軽々と抱き上げました。乙女の憧《あこが》れ、お姫様抱っこです！

「ディルク？」

「うん？　ああ、子供とはいえ他の男の匂《にお》いが気に入らないのと……牽制《けんせい》かな」

子供とはいえ他の男の匂いはモフッたからだとして……牽制？　ラグラスがショックを受けている気がしましたが……見なかったことにしました。

「ごめんね、この子は俺のつがいでお嫁さんなんだ」

ディルクはそう言って私を抱っこしたまま庭園に行きました。

◇◇◇

ディルクにお姫様抱っこされたまま、庭園に到着しました。すでに大人達が庭園に来ています。お祖父様が案内してくれました。

「そこで子供達がかくれんぼをしてな、フィーディアが生け垣にスカートと下着を……」

「キャアアアア!?　お父様！　人の黒歴史を教えないでください！」

「むこうでディスクが肥料用の肥溜《こえだ》めに……」

「父上！」

比較的活発な叔母《おば》様・叔父《おじ》様は庭のいたる所に黒歴史が存在する模様です。でもお祖父様、多分スカートびりびりお尻《しり》丸出し事件とか肥溜めに落ちた事件とかは言わなくてもいいと思いますよ？

二人が真《ま》っ赤《か》で涙目ですよ？

「ここが、ディジャが愛した薔薇《ばら》園じゃ。今はすべての薔薇が枯れてしもうたがな……」

寂しそうなお祖父様。私はディルクに合図して下に降ろしてもらった。

「お祖父様、私が庭園の花を咲かせてもいいですか？」

「できるのか？」

「正直、元の状態を知らないので完璧に戻せるかは解りません。花が完全に死滅していれば蘇生《そせい》は不可能です。ですが、できる限りのことはします」

「……頼む」

「承りました！　ハク、クーリン、スイ、アリサ、ハル、ゴラちゃん！　来て！」

「はぁいぃ。何したらぁ、いいかなぁ？」

「ハクは花壇の土の状態を調べて、硬い土は柔らかく耕してくれる？」

「はぁいぃ……大丈夫そうだねぇ。よく管理された土だからぁ、ちょっとのお手伝いでよさそうだよぅ」

ハクはさっさと作業を始めた。庭園全部見てくるねぇ、と動き出す。

「クーリンは緑の魔法で復活したお花さん達にお水をあげてね」

「はーい！　まかせて、おねえちゃん！」

水色金魚さんは安定の可愛さです。

「スイ、アリサ、ゴラちゃんは花の様子を見て、できるだけ蘇生させて欲しいんだ。ハルはみんな

のサポートよろしく！」

「仕方ないネ。頑張ってあげるヨ」

スイは小回りがきくからと妖精《ようせい》さん姿で飛んでいく。

「アリサにおまかせだよ！　ママ、アリサがんばるからね！」

アリサはスイについていった。あの二人は大丈夫だろう。

「任セヨ。仲間ガ萎《しな》ビテイルノハ、オレモ悲シイ」

意外にゴラちゃんは変態姿をせず羽ばたいて…………………羽？　人参《にんじん》に似たゴラちゃんに羽。シユールである。

あとでスイに聞いたが、精霊は大概羽があるらしい。そんな精霊あるある知らないよ！

「俺はゴラをフォローするわ」

「お願いします。ゴラちゃんが（何をしでかすか激しく）心配なので、くれぐれも（ゴラちゃんがしでかさないように）お願いします」

「……ゴラ、信用ねぇな……今回は大丈夫だよ。真面目《まじめ》に仕事するって」

私の心の声が届いたらしく、ひきつりながらもハルは承諾してゴラちゃんに続いた。

あれ？　みんなポカーンとしてないかい？

「い、今のは……」

「私の加護精霊さん達ですが？　土と水と緑と全属性の精霊さんです」

「そ、そうか」

え？　私は何か変なこと言った？　みんないまだに唖然《あぜん》としているよ？

「せーれーさん？　はじめてみたにゃあ！」

「せーれーさん、いっぱいにゃあ！」

ちみっ子達もいつの間にかついてきたようです。あ、なるほど。魔法が発達してないウルファネアでは精霊自体が珍しかったんだね！　あとでディルクに、そもそも加護精霊を複数持つのはあり得ないからねと言われた。うん……そういや私、そこはチートだった！

スイの見立てではユグドラシル休止で枯れた植物は眠っている状態らしい。

「森の恵み」

植物を活性化させる魔法を使うと、枯れていた薔薇はあっという間に瑞々《みずみず》しい緑色に変わり、蕾《つぼみ》は金色の薔薇となった。瞬く間にアーチに絡み付き、金色の薔薇が金色の光をこぼす。とても幻想的な光景だった。

え？　私、また何かやりすぎた？　薔薇がメガ進化的な感じになっちゃった⁇

「光の薔薇が復活した！」

セェエフ！　多分セーフ‼　私は知らなかったけど、この庭園の薔薇は魔法植物だったそうです。ディルクのお父様が贈ったクリスティア産の珍しい薔薇も多数あるらしい。兄を今度連れてこよう。きっと超喜ぶ。

私は次々と薔薇を咲かせていく。花びらがレースになっているもの、虹色《にじいろ》のもの……枯れている状態からは予想がつかないほど美しい花達だ。

「あれ？」

青い薔薇のアーチを復活させたら、薔薇の根元に何か埋まっていたのを見つけた。小さな宝箱。中には……ホラ貝……いや、魔具だ。旧式のやつ。録音再生の魔具だったはず。賢者が持っていた。試しに発動させ……すぐにお祖父様の耳にあてた。

「……ふ……」

お祖父様が涙をこぼす。

「少しだけ、一人にしてあげよう」

ホラ貝魔具に残るメッセージはお祖父様に宛てられたものだった。ディルクの話からも、きっと優しいメッセージなのだと思う。お祖父様はしばらくして戻ってくると、私にお礼を言った。ちょうど私の方も魔法をかけ終わった所だ。

きちんと周囲が見えるよう、光魔法で照らす。素晴らしい庭園だ。

「おお……」

「すごいな」

「元通りだわ……」

色とりどりの花に溢《あふ》れた庭園は復活した。ちみっ子達が喜んで走り回っている。

「ロザリンド、このあたりはユグドラシルの魔力《マナ》がいまいち流れてないね。多少回復しているけど、流れやすくしといた方がよさそうだ」

「あちゃー、やっぱりか。あとでジェスに報告して……手伝ってもらっていいかな？」

「当然」

「無論」

「おーよ！」

「アリサもがんばる！」

明日も忙しくなりそうですね。ウルファネアのユグドラシルはウルファネア王都の北にありました。以前ユグドラシルの魔力《マナ》を流れやすくしたのですが、ユグドラシルの北に位置するお祖父様のお屋敷周辺までは届かなかったようです。

お祖父様にその話を説明すると、お祖父様は考えこんだ様子で私に話しかけた。

「話は解ったが、ディルクはともかく君になんの利があるのだ？　大海嘯《だいかいしょう》もそうだ。君はウルファネアに思い入れなどない。人間と獣人は決して友好的とはいえない。何が目的だ？」

「お父様！」

「父上！」

叔父様と叔母様がお祖父様を責める口調で咎《とが》める。いやいや、お祖父様の方が普通だから。私は怪しいと思いますよ。

「一言でいえば、自己満足ですね」

「「「「は？」」」」

大人が全員ポカーンとなった。ディルクはクスクス笑っている。

「大海嘯は完全に成り行きですよ。私にできることがあるのに何もしないで罪もない獣人が大量虐殺されるのを眺められるほど、肝がすわっていません。ユグドラシルに関しても同じですよ。虐殺か餓死かの違いだけ。できることがあるのにしないで見捨てたくないと思っただけです」

「俺はロザリンドのそういう甘い所も大好きなんですよ」

ディルクが笑う。うん、でもいい人設定はいらない。ぶち壊そう。

「それに、私はモフモフを愛しているのです！」

うん、ディルクとスイとハルが、残念なモノを見る目になった！　でも、これが私です！

「……もふもふ？」

硬直から解けたお祖父様が聞き返してきた。うん、わけわかんないよね？

「はい、モフモフです！　私にとってウルファネアはモフモフパラダイスですよ！　モフモフとは、獣人の獣化状態の素晴らしいふかふかの毛皮等をさします。ディルクの毛並みは極上です！　至高のモフモフと言えましょう！　私は偉大なるモフモフを失いたくなくて、ウルファネアを見捨てなかった……というのもあります」

「……なんでそれ、ぶっこんだ」

心底あきれた様子のハルにつっこまれました。

「いや、慈善の人だと思われたくないし。ウルファネアとの戦争を回避したいとか、思惑もありましたよ」

「……大体解った。本当に面白いお嬢さんじゃのう。ディルクともども、よろしく頼む」

「あ、はい。こちらこそ末長くよろしくお願いいたします。いつかひ孫連れて遊びに来るんで、長生きしてくださいね」

「はっはっは！　これはなかなか死ねぬのう！　ひ孫か！　楽しみにしておるぞ！」

「はい！　あれ？　ディルク？」

マイダーリンは真《ま》っ赤《か》になって丸まっています。

「ひ、ひ孫って……子供……俺の……ふ、不意打ち禁止‼」

「え？　結婚するなら子作りもセットだと思います」

「あああ、もう！　それは解ってる！」

「きゃあ⁉」

抱きしめられました。えへへ。幸せ。

「もう間違いはせん。ロザリンド嬢、孫を頼んだぞ。ディルク、獣人の外見でクリスティアに居るのは辛《つら》いだろう。いつでもウルファネアに来るがよい」

「「え？」」

何か誤解がないかな？　獣人……最近悪《あ》しざまに言われなくなったからなぁ。

「ええと……最近ディルクを悪しざまに言うクリスティア貴族は居ませんよ？」

「……は？」

「地道な営業努力等が実を結びまして、陰で多少はあるかもしれませんが……こないだ、表立って言った貴族がマダム達に言葉でフルボッコにされておりました」

「…………」

「最近では私とディルクの婚約とラブラブっぷりを知らない貴族は居ない感じですし」

「…………そうか」

安堵《あんど》と諦《あきら》めと……少しだけ嬉《うれ》しそうなお祖父様。

「お祖父様、心配してくれてありがとうございます。外交なんかで難しい時はあるかもしれませんが頑張ります。逃げませんが、またお祖父様に会いに来ます。ぜひまた仕事を教えてください」

「うむ。いつでも来い」

「私達にも会いに来てね」

「もちろんです。必ずまた、ロザリンドと……次は父も連れて来ます」

「おいしいお土産つきで来ますよ。また食べたいおやつあります？」

「「「「全部！」」」」

「わかりました、全部作ります。他のオススメお菓子も今度持ってきますね。この素敵な庭園で、みんなでお茶をしましょう」

穏やかな空気のなか、皆さんと約束をしたのでした。次に会えるのが、本当に楽しみです。

◇◇◇

庭園で解散になり、客室に通されました。つがいだと公言したからか、ディルクと同室です。

「あ、あの……」

ディルクがもじもじしています。

「庭園に行きたいんだ。二人きりで」

「地の果てまででも喜んで！」

ディルクのお誘いでしたら、どこにだってお供します！

というわけで、庭園です。光の薔薇《ばら》が淡く辺りを照らしています。ロマンチックとはこういうのなのだろうなとか、兄これ絶対喜ぶからお土産に一輪だけでも貰《もら》えないかなと考えていた。

「ロザリンド」

「はい」

ディルクが私の前にひざまずいた。ん？　忠誠ではない。目線を合わせるためかかな？

「心から君を愛しています。結婚できる年齢になったら、俺と結婚してください」

萌《も》え死ぬ！

プロポーズ、キタァァァ!!

ええええええ！　夜にイルミネーション的なロマンチック満載の薔薇園で、プロポーズですよ！　完璧《かんぺき》か!!　完璧だ!!　乙女の夢、叶《かな》っちゃったもんねー（混乱）!!

「ロザリンド、返事は？」

は！　素敵すぎて意識が明後日《あさって》に暴走していました！　脳内で夕日に向かって爆走しておりましたよ！

「はい。ふつつか者ですが末長くよろしくお願いいたします。私も心からディルクを愛しています」

「ロザリンド……」

抱きしめてキスをされました。お互いにっこりと笑い合う。

「この光の薔薇の前で愛を誓うと、愛の祝福を受けられるんだって。死んだ母さんが言っていたんだ。だから、ここに来たかった。母さんも父さんと誓ったから、結婚して幸せになったんだよって……よく話してた」

「そっか。素敵だね」

しかし、不思議な薔薇だなぁ。精霊が居そうな……いやいやいや。うん、気のせいだ！

ディルクとしばらく庭園デートをした。ディルクのお母様との思い出を聞きながら、穏やかな時間を過ごしました。


「あの、ロザリンド……いくら夏でも薄着すぎないかな？」

「え？　大丈夫、大丈夫！　パレードの衣装ですよ？」

「卑猥《ひわい》だって却下したよね!?」

「はい。見ていいのは私だけです！」

「………ううう」

ディルクはブーメランパンツ一枚にシーツという素晴らしいお姿です。いや、二人きりなら見せてくれるといいましたし、パレード披露を阻止したご褒美ですよ。ご馳走《ちそう》になります！

「これ、何が楽しいの？」

シーツにくるまりプルプルするディルク。可愛《かわい》い。襲ったらダメですかね。そんな邪悪な気持ちを我慢して、私はいそいそと鞄《かばん》から品物を取り出した。そう、専用ブラシである。ディルクのために作った特注品。世界一の毛並みを維持するには、お手入れが必須《ひっす》！

「ディルク、獣化して。ブラッシングするよ」

「え？」

「してみたかったんですよね、全身ブラッシング！」

ディルクが、絶望したような表情になりました。彼はこうなった私が止まらないのを、とってもよく知っています。

「加減、してください」

「はい、善処します」

「…………うん」

諦めたディルクはブラッシングを許可しました。そして、ブラッシングしたディルクの毛並みは素晴らしかった。絹糸よりもなめらかでしっとりしていて、モフモフです。そのあと、魅力が天元突破したモフモフに大興奮した私のゴールデンフィンガーが炸裂《さくれつ》。にゃあにゃあ言わせまくりました。

善処……できませんでした。だってだって、モフ可愛いんだもん！　モフ可愛すぎたんだもん！私にゴロゴロ喉《のど》をならしてすり寄り、甘えるディルクを見て私の中で何かが大爆発しました。

そして私は本気でディルクをモフり倒しました。今まではお外だったこともあり、多少の遠慮がありましたが……百％中の百％ぉぉ‼　が炸裂してしまいました。その結果、ディルクをモフ堕《お》ちてさせてしまいました。

◇◇◇

さて、朝になりました。目の前に素晴らしい大胸筋……いい匂《にお》いがします。さらにはモフモフです。なんと幸せな感触……。胸にすりすりして感触を楽しむと、柔らかく抱きしめられました。しかも頭を優しく撫《な》でてくれます。二度寝したくなる素晴らしい撫でテク！　ついうとうとしかけたものの、大変なことに気がつきました。

よく考えたらこの姿はマズイ！　昨日《きのう》結局全力でモフり倒した結果、ディルクはまだブーメランパンツのみです。大変な誤解を招くに違いありません。

「ディルク、ディルク！」

ディルクをてしてしと叩《たた》く私。ディルクは起きてくれましたが、まだ眠たそうです。

「うん？　ろざりんど……おはよ……」

「至急、服を着てください！　着替えてないでしょ⁉」

「服……？　……⁉　…………‼」

ディルクはカッと目を見開くと素早く着替えました。チラッといろいろ見えました。眼福です。

しかし、着替えがとっても早かったですね。

ディルクが着替えを終えた所で昨日の気が利く侍従さんがノックしてから入り……笑顔でリターンしようとしました。

なんでだ⁉　なんか用事だよね⁉

「失礼いたしました。まさかお楽しみ中とは……」

「違います違います違います！　大丈夫です！　何かご用ですか⁉」

涙目で訴えるディルク。侍従さんは顔を赤らめていたが、用件を済ませることにしたらしい。

「そうですか？　では、ロザリンドお嬢様、例の件は大丈夫ですが、いかがしますか？　体調は？」

そもそも、体調崩しかねない行為はしていません。何したと思われているのか怖くて聞けないわ。

「問題ありません。すぐに着替えます。案内していただけますか？」

「かしこまりました」

そして、私は厨房《ちゆうぼう》です。今日はもうメニューも決めてありますよ！　お屋敷のシェフさんには悪いですが、ディルクに温かい朝ごはんを作れるチャンスです！　はりきって作っちゃいますよ！

恰幅《かつぷく》のいいゴリラ？　の獣人なシェフさんは気のいいおじさんで、嫌な顔をせずに調味料や食材を出してくれました。

「ありがとうございます」

「へ？　あ、いや、ドウイタシマシテ」

お礼を言ったらシェフさんがやたら挙動不審になりました。なんで？

「あの、私、何かおかしいことを言いましたか？」

「い、いや……お嬢ちゃんはクリスティアの貴族令嬢、なんだよな……ですよね？」

「はい、一応。喋《しゃべ》りにくければ敬語は不要ですよ」

「ええ？　じゃあ敬語はやめるけどよ……自分ちの使用人にもそんな感じなのか？」

自分の家……同じ立場といえば……ダンか。

「よく一緒に食事を作ります。一緒に考えて工程を工夫したり、改善すべき点がないか議論したり、試食してもらったり……」

「お嬢ちゃんが変わってんのは解った」

「え？」

「俺はクリスティア育ちでな。下働きでクリスティア貴族の厨房に居たんだが、汚《けが》らわしい獣人が作った料理なんぞ食いたくねぇと言われてな、クビになったとこをたまたま旦那《だんな》様に拾われたんだ」

「……すいません」

「いや、逆にいい職場に巡りあえて良かったさ。お嬢ちゃんみたいな貴族も居るんだなぁ」

「……やはり、異文化交流は必要か」

「……お嬢ちゃん？」

「いえ、ジェスと取り引き……すいません、余計な話をして。始めましょうか」

そして、できました！

オムライスとスープにサラダです。オムライスは超大盛り。フードファイトな量ですが、このぐらい当たり前と言われました。皆さんたくさん食べるんですね……。

「お待たせしました。私のスペシャリテ・オムライスです！」

ふふふ……私、オムライスには自信があります！　私のオムライスはケチャップライスにオムレツを乗っけたもの。

「こうやって食べるんですよ」

オムレツを縦に真っ二つに切ると、半熟卵がとろ～りです。そこにケチャップでハートを書いてディルクに渡しました。

「愛情たっぷりですから、たくさん食べてね。このハートマークは愛情という意味です。つまりディルク大好きという私の暑苦しい愛情を示します！」

ディルクが真っ赤になりました。とりあえず一口。

「おいしい！　ものすごくおいしいよ、ロザリンド！」

「おねーちゃん、おえかきしてほしいにゃあ！」

「ぼくもほしいにゃあ！」

双子ちゃん達にはケチャップで猫さんを描いてあげました。

「にゃーにゃーだ！」

「にゃーにゃーかわいいにゃー！」

君達も可愛いです。さりげなくモフる私。柔らかくて極上のモフ心地ですな！

ラァラちゃんにはウサギさんを描いてあげました。

「ウサギさん……かわいい。ありがとう」

ふんわり微笑《ほほえ》まれました。さりげなくモフる私。サラッサラで絹糸みたいにスベスベでした。

あとはそれぞれ食べ始めていたので私も席につこうとしたら、袖《そで》をつかまれました。誰かと思えばラグラス君です。

「おれにもなんか描け」

それは物を頼む態度じゃないよね？　と言ってやる。ごねるかと思いきや、ラグラス君は素直に描いてくださいと言った。なのでヴァルキリーを描いてやった。うむ、いいできだ。

「…………すげぇ」

「わぁぁ、かっこいいにゃあ！」

「かっこいいにゃあ！」

「わぁ……すごい」

ラグラス君のお皿に興味津々なちみっ子達。

「……兄さん、これ食べるの？」

「「…………」」

しん、と静まり返る全員。双子が涙目である。

「……おれ、朝飯抜きはキツい」

そりゃそうだ。スープとサラダだけじゃ足りないだろう。ラグラス君が意を決した様子でスプーンをオムライスに入れようとした。

「だめぇ！」

「こんなすごいえをたべにゃいで！」

「…………………」

ラグラス君がめっちゃ困ってます。なんだこれ、面白いな。傍観していたが、オムライスは温かい方がオイシイ食べ物である。美味《おい》しいうちに食べていただきたい。

「また今度絵は描いてあげるから、食べなさい」

「わーい！　いただきまぁす！」

「いただきまぁす！」

「……おいしい」

「………うまっ！」

さて、子供達がオムライスを食べ始め……大人はすでに完食していました。早い！

優雅に食後の紅茶を飲むフィーディアさんが、とんでもない爆弾を投下しました。

「それにしても、ディルクちゃんたらロザリンドちゃんの匂《にお》いがすごいわねぇ。ロザリンドちゃんは厨房の匂いで紛れているけど……お盛んねぇ……若いっていいわねぇ」

「えふ⁉」

「ごほっ⁉」

むせる私達。完全に不意打ちでしたよ。

「姉上！」

「解っていてもみんな黙っていたのに、わざわざ言わないでよ、姉さん！」

「フィー、お前はどうしてこう……仕方ない娘じゃのう」

「お姉様、朝からそういう話は……」

そういや匂いでベタベタしていたのがバレるんでしたね。大人達は昨夜のことを誤解したものの、フィーディアさん以外は黙っていてくれたようです。

い、いたたまれない！　私は必死に誤魔化《ごまか》すために声を出した。

「お、おかわりいる人！」

全員がお皿を差し出しました。いつの間にか子供達も完食しています。追加の分はチャーハンでしたが、これも好評でした。うまい具合に話は流れてくれました。

むしろ私が少食だと心配されましたが、皆さんの食事量が通常だとするなら、いまだにウルファネアは深刻な食料難なのではないかと不安になりました。

お昼も作る約束をして、私とディルクはいったんお城に行くことになりました。

第三章　豊穣《ほうじょう》の女神様

お城に出発する前、フィーディアさんに私はまだ成人していないので性的な行為はしていません と言ったら、驚愕《きょうがく》していました。私がすでに成人だと思っていたそうです。ウルファネアは十歳で の結婚もあるそうで、逆にそこは私がびっくりしました。

「ウルファネアならもう結婚できるのか……」

ディルクが結構真剣にウルファネア移住を検討した様子でしたが、聞かなかったことにしました。生存するためにまだまだやることがあるので……結婚はまだできないよね。結婚、したいけどね？ ディルクとなら。

とりあえずお城に行くため転移の魔石で城下町に行きました。そこからお城に徒歩で移動すると、ジューダス様が応対してくれました。

「ロザリンド、話とはなんだ？」

「時間を作ってくれてありがとうございます。ウルファネアの食料難、実はまだ解決してないのではないですか？」

「………………ああ。ロザリンド嬢のおかげで肉類はなんとかなりそうだが、野菜がな。今期、収穫を予定していたものがほとんど駄目になっている。巨大野菜で潤ったのは、王都周辺だけだ」

「あー、やっぱり。ディルクのお祖父様《じいさま》のお屋敷に行ったときに調べたのですが、ユグドラシルから南側の地域しか活性化されてないのでは？」

「……そうだな。だがこれ以上頼るわけに……」

「というわけで、取り引きです！」

「……またか」

ジューダス様が苦笑した。私はにっこり営業スマイルだ。

「またです！」

「ユグドラシル活性化の対価に何を望む？」

「クリスティアの貴族学校との交換留学を！」

「……こちらはかまわんが」

「該当の学校は私がクリスティアに帰国してからお伝えします。では、商談成立ですね！　早速活性化させたいのですが、ユグドラシルから北はお祖父様の所有農園があるので、そこでします。西と東の実施場所を指定するか、責任者を紹介してください」

「手配しよう。北が済んだら、また城に戻れ」

「かしこまりました！」


というわけで、お屋敷にリターンです。お祖父様に城での取り引きを話し、農園での魔法使用の許可をいただきました。農園は辛うじて作物があるけれど、枯れてしまったり痩《や》せ細《ほそ》ったものばかりだった。それでもだいぶましになったのだそうです。

私は指輪に魔力を注ぐ。杖《つえ》でもいいけど、広範囲にだとヴァルキリーの方が出力や範囲を調整しやすい。というわけで、出番です！

「ロッザリンドォォ‼」

「だからそれはもういいって！」

指輪から現れた巨大ロボに、農作業をしていたおじいちゃんが腰を抜かしてしまった。あ、おばあちゃん、入れ歯飛んだよ！　驚かせちゃってすいません！　お祖父様が何やら説明していますね。

そして毎度毎度私の名前を連呼すんな、ヴァルキリー！

「わぁ……」

「かっこいいにゃあ！」

「しゅごいにゃあ！」

「え？　お前、筋肉の聖女だったのか⁉」

「ちっがあああああう‼　聖女じゃない！　筋肉ムキムキでもなあああい‼」

見学したいとついてきたちみっ子達。ラグラス君に全力でつっこむ私。

「ヴァルキリー、魔術師モード！」

「ロッザリンドォォ‼」

だからそれはもういいって！　私の名前を宣伝すんな！　脳内でつっこみながらも魔力ポーショ

ンをがぶ飲みして魔力を回復させる。

「スイ、アリサ、ゴラちゃん、ハル！　行くよ！　力を貸して！」

「「「「はい！」」」」

あれ？　返事が一人多くなかった？　気のせいかな？　首をかしげつつ、私は兄と使った魔法を構築していく。兄も呼んできたらよかったかなぁ……まぁ、私だけでも多分問題ないけど。

「緑の豊穣！」

私の魔力がヴァルキリーによって大幅に増幅されていく。私の魔法に呼応して、ユグドラシルの魔力《マナ》が急速に大地に満ちていく。そして、農園が一気に蘇《よみがえ》り、青々とした作物に変わっていく。

「わぁ……」

「しゅごいにゃあ！」

「にょきにょきだにゃあ！」

「すげぇ……」

子供達はあっという間に成長した植物に驚いたご様子です。農作業をしていた人達も、呆然《ぼうぜん》としながら集まってきました。

「おお……奇跡じゃ」

「ありがたや……」

「聖女様……いや女神様だ！」

ん？　なんか拝まれて……女神じゃない！　私にご利益はありませんよ‼

「みんな！　聖女様……いや女神様を讃《たた》えるんだ！」

「ありがとうございます！」

「女神様ばんざぁぁぁい！」

「実りの女神様！　ありがとう！　これでなんとか食っていける！」

大人達のテンションに、ちみっこ達はキョトンとしていたが、双子ちゃんが私に聞いてきた。

「「おねーちゃんはめがみさまにゃにょ？」」

「ちっがあああああう‼　女神なんかじゃないったらぁぁぁ！　ごくごく普通の女の子なんです‼」

『それはない』

やたら真顔のディルク、お祖父様、ラグラス君、ラァラちゃん、農園の皆様から総つっこみいただきました！　なんでやねん‼

本っ当にどうしてこうなった⁉

◇◇◇

ロザリンド＝ローゼンベルクは、現在精神的に大ピンチです。

「女神様〜！」

「ほら、これもってけ」

「女神じゃないです！　違います！　野菜をくりつけないでぇぇ‼」

私の魔法で復活した農園のおばちゃん・おばあちゃん達が手際よくヴァルキリーにお野菜をくくりつけていきます。ヴァルキリーもおばちゃん達に怪我《けが》をさせられないから動けない。動かせない。なんでそんなにお裾《すそ》分け精神に溢《あふ》れているんだ！　あ、ズッキーニ的な野菜……炒《いた》め物おいしいよね！　もう諦《あきら》めて、ありがたくいただくべき？

「あー、えー、困っとるからやめんか……ふぎゃあああ!?」

「お祖父様ぁぁ!?」

おばちゃん達をなんとかしてくれようとしたお祖父様が、おばちゃん達の波に流された！

「お、お祖父様！」

ディルクが素早くお祖父様を救出しました。そしてお祖父様を担いだままヴァルキリーに登って私の所まで来ました。お祖父様に怪我はないみたい。良かった……。

「……人生、諦めも必要だよね」

「まぁ、今回ばかりは仕方がないね」

遠い目をした私達……。ちなみにちみっ子達は無事避難しております。

「す、すまんのぅ……」

お祖父様は全く悪くありません。おばちゃん達も多分、悪気はないです。

「「お祖父様は悪くないです」」

私達は、おばちゃん達が落ち着くのをひたすら待ち続けました。ウルファネアのおばちゃん達、アクティブすぎてなんだか怖いよ！　ヴァルキリーが野菜まみれになったところでやっとおばちゃん達は帰ってくれました。お野菜は今日のお昼御飯にしよう……。

お野菜はお祖父様のお屋敷に届けていただきました。北は大丈夫ってことで、次は西か東ですね。

ヴァルキリーはミニサイズ・省エネモードになってもらってお城に戻ることに。

ちみっ子達がもう一回にょきにょき見たい！　と言うので同行中。更にお祖父様とディスクさん、ミュディアさんが保護者として来てくれました。


お城に到着すると、すぐに応接間に通されてジューダス様とジェスが来ました。

「早かったな。首尾は？」

「北は問題ありません。ユグドラシルの魔力《マナ》が問題なく巡りました」

ジューダス様に報告をする。ジェスはさっそく書類を作ってくれたみたいです。

「こちらからの交換留学要請の書類だ。確認してくれ」

私は頷《うなず》きすぐに目を通しました。にっこりと微笑《ほほえ》む。

「問題ありません。不備もなし。完璧《かんぺき》ですね。さすがはジェス」

「うむ。主《あるじ》の役に立てて何よりだ。では封を」

「だから主じゃないったら……いつになったら諦めるの？」

「諦めることはないと思うぞ？　ロザリンドが諦めたらどうだ？」

「だが断る！」

不毛なやり取りをしつつ、侍従さんに封をと指示するジェス。やっぱりほぼ一人で王族の仕事を回していただけあって有能だなぁ。あれ？　お祖父様……大人達が固まっています。ラグラス君もだ。

「ロザリンド嬢……いや、ロザリンド様」

「はい？」

なんで様つけた？　大人とラグラス君が顔面蒼白《そうはく》になっていますよ？

「ジュティエス様の主様なのですか？」

「違います」

「そうだ」

否定と肯定がほぼ同時だ。全く譲らない私達。見かねたディルクがかわりに答えた。

「正確には、色々あった結果ジュティエス様がロザリンドを主にと見初めまして……ロザリンドはそれを拒否しています。現在は仮初めの主従になっていますね」

「ロザリンド様、ジュティエス様は素晴らしいお方ですぞ？」

「私はせっかく助けたウルファネアを滅亡させたくありませんし、厄介な従僕はこれ以上いりません！　今ジェスが抜けたら、確実に国内外が大混乱ですよ⁉」

「「ありがとうございます」」

意味を悟ったジューダス様とお祖父様が、頭を下げた。ディスクさんとミュディアさんはまだ固まっています。硬直がとけたラグラス君が質問してきました。

「お前、何歳なんだ？」

「十二歳です」

「年下ぁぁ⁉」

「年下ですねぇ」

「「「十二歳ぃぃ⁉」」」

今度はお祖父様と大人達が驚愕《きょうがく》しています。え？　なんで？

「わ、わたしと一歳しか違わない……」

ラァラちゃんもショックだったようです。えー？　何故《なぜ》？

「その年齢でここまで政治のことが理解できるものか⁉　クリスティアはどんな教育を⁉」

「あ、いえ、ロザリンドは異常ですから。幼い頃《ころ》に宰相秘書官を務めていましたし」

ちょっと⁉　ディルクさん、異常って何⁉　まぁ確かに普通の子供に宰相秘書官は無理だけれども！　お祖父様が呆然と呟《つぶや》いた。

「あ、ありえない！」

「あー、私は贈り人持ちでして。贈り人は成人しておりましたし、天啓のせいで精神的に成長していまして……」

どうにか納得されました。暇なちみっ子達がさっきから私の膝《ひざ》を取り合っています。そしてさりげなくモフる私。ちみっ子達、可愛《かわい》いなぁ。結局、仲良くお膝を半分こにして私に甘えています。すっかりなつかれました。ヤキモチディルクの尻尾《しっぽ》も参戦！　かまってアピールですね！　喜んで！

ここはモフモフパラダイスですね⁉　天国はここにありました！　私、幸せです！

「いつまで待たせるのだ！」

薔薇《ばら》が舞い散る感じの音楽が似合いそうなゴージャスブロンド男装美女……獅子《しし》獣人かな？　が乱暴に扉を開けて乱入してきました。

「オスカ……げふん」

危うくオス○ル様と言いかけました。私を見つめるオス○ル様（仮名）。

「君は贈り人なのか？　私のつがいは贈り人でね。彼も私を見てオス○ルと初対面で言っていた」

言っちゃった贈り人が居るのか。勇者なのかうっかりなのか……そして比較的年代が近い贈り人とみた！

「多分同郷の贈り人ですね。つがいさんはいらっしゃらないのですか？」

「生憎《あいにく》と食料難で他国に食料の買い付けに行っている。ああ、私の愛《いと》しいカナタが誰かに誘惑されて食われていないか心配だ！」

「大丈夫ですよ、お姉さんみたいな美女のつがいがいて浮気するバカは居ません」

「君はいい子だね！」

喜んだらしいお姉さん。つがいさんが帰国したら、会わせてくれるとのこと。私もぜひお会いしたい！

「シュシュお嬢様、本題を忘れていますよ」

「あ」

お姉さんはシュシュリーナさんと言う御名前《おなまえ》で西の公爵さん。女性ながら西の代表責任者であり、この窮状を打開できるかもしれないからと、一縷《いちる》の望みをかけて来たそうです。王宮が火急で呼び出したくせになかなか呼ばれず、焦《じ》れて自分から来てしまったらしい。うん、話が逸《そ》れたのは私のせいかな？

「すいません。いますぐ西に行きましょう」

「ロザリンド、魔力は大丈夫なのか？」

ジューダス様が心配そうに聞いてきた。無理はしていませんよ。

「ヴァルキリーの消費魔力は大きいですが、今は出したままキープしていますし魔力ポーションが大量にあります！　問題なし！」

「頼んだぞ！」

「はい！」

というわけで、西に行くことになりました。

◇◇◇

西の公爵領へは、ヴァルキリーの飛空艇モードで行きました。

大興奮でした。子供から大人まで。

「おおお、飛んだ！　飛んでおる！　素晴らしいな、ロザリンド様‼」

「にゃー！　おそらびゅーん！」

「にゃー！　はやいにゃー！」

「すっげえぇえ！　たけぇ！　速い！　超すげぇぇぇ！」

大興奮するお祖父様と双子ちゃんとラグラス君。お祖父様、様付けやめて。むしろ、ちゃん付けにして欲しいです。

「おお……た、高い……」

微妙に怯《おび》えているディスクさん。お耳と尻尾がぴるぴるしています。大丈夫か？　顔色悪いよ？

「わぁ……すごいわ、町がオモチャみたいねぇ」

「はわ……ステキです」

静かに喜ぶミュディアさんとラァラちゃん。お耳と尻尾がご機嫌に揺れています。

「それでな！　カナタはな！」

そして、マイペースに私とディルクへ延々つがいの素晴らしさを語るシュシュさん（長いからシュシュでいいと強引に押しきられた）と、死んだ魚の瞳《ひとみ》でスルーし続けるシュシュさんの従者で蜥蜴《とかげ》の獣人、アンドレさん。

超個性的な面子《メンツ》で移動しております。

シュシュさんの話したカナタさんという多分同郷贈り人とのなれそめを要約します。

シュシュさんは男性的な外見がコンプレックスだったそうです。ちなみにシュシュさんは長身で肩幅がっちり。スレンダーな美女なのです。シュシュさんの婚約者は彼女の外見が気に入らないと、一方的にひどい言葉を浴びせて婚約破棄したそうです。同じ公爵ですが、向こうが高位で泣き寝入りするしかなかった。そんな中、彼女は願った。心が悲鳴をあげていて、死にたいと思いながらも願った。

『私の外見など気にせず愛してくれる人に会いたい』

そして、その願いに引き寄せられたのがカナタさん。

「あ、オス○ルっぽい美女がおる。え？　これ夢なん？　夢でもええわ、超好み！」

「びじょ？」

カナタさんは混乱していたものの、普通にシュシュさんを好みだと言ってくれてそれはもう毎日熱心に口説き、シュシュさんを見事射止めました。シュシュさんもカナタさんがつがいだと解《わか》っていましたが、人間は獣人と違い浮気もありえる。自分に自信のないシュシュさんに何度も可愛いと言ってくれたカナタさん。シュシュさんはカナタさんがつがいでなかったとしても、きっと好きになっていただろうと照れながら微笑《ほほえ》みました。

現在は婚約中で、引退したシュシュさんのお父さんを説得するために、頑張って商人として働いているのだということです。

「カナタはな、カナタはな」

一生懸命カナタさんについて話すシュシュさんは大変可愛《かわい》らしい。

「聖女様、よく付き合えますね」

蜥蜴だけど死んだ魚みたいな目をするアンドレさん。

「聖女ではありません。恋する女性は愛らしいものです。私も女性ですし、恋の話はわりと好きですから苦痛ではないですよ」

ちなみに聞くのは好きですが、話すのは苦手です。

「……尊敬します」

心から、と言わんばかりにため息をつかれました。いや、たまにだし私はいくら話されても構いませんよ。

そろそろ目的地かな、と思ったらシュシュさんが話しかけてきました。

「ふむ、ここらで良かろう」

「え？」

明らかに住民が不審がって武装していますよ？　もう少し離れたとこに降りた方がいいと思う！

「私が行こう」

「大丈夫、大丈夫。シュシュお嬢様派手だし、仮に間違ってちょこっと刺されても生きているから」

「どの辺りが大丈夫なんですか⁉　刺される時点でアウトです！　ハル！　拡声！」

「はいよ」

「こんにちは！　我々は王都から王命で来ています！　シュシュリーナお嬢様もおります！　武装を解除してください！　着陸します！　潰《つぶ》されたくなければ、総員退避‼」

さすがは獣人。素早く全員逃げました。そこを見計らってさっさと着陸。シュシュさんが先頭で皆さんに事情を説明してくれました。

「さぁ、ロザリンドちゃん。よろしく頼むよ」

なんかすっかり仲良くなっちゃったシュシュさんにエスコートされ、農園に行きました。

「ヴァルキリー、魔術師モード！」

「ロッザリンドォォ‼」

「だから私の名前を叫ばない！」

「スイマセン……テンションガアガルト、ツイ……」

私にペコペコするヴァルキリー。うん、シュールな光景だね。

「きょじんさん、おしゃべりできるにょ？」

「できるにょ？」

双子ちゃん達がおめめをキラキラさせてヴァルキリーに話しかけた。

「ハイ。シャベレマス」

「しゅごいにゃあ！」

「かちこいにゃあ！」

「アリガトウゴザイマス」

ヴァルキリーも双子ちゃんの可愛さに癒《いや》されたのか、以前のようにへこみませんでした。

「つうか、普通に会話すんなよ……」

「我が子ながら大物になりそうねぇ……」

「……しゃべるんだ？」

ラグラス君、ミュディアさん、ラァラちゃんがそれぞれ呟いた。私も初めてヴァルキリーが喋《しゃべ》った時はびっくりしたよね。

「さて、もう一仕事頑張るよ！　スイ、アリサ、ゴラちゃん、ハル！　力を貸して！」

「「「「はい！」」」」

やっぱ返事が一人多いような？　おかしいなぁ。なんでだろう。しかし余計な雑念は失敗のもと。魔力をヴァルキリーで増幅し、構成した術式に魔力を通していく。

「緑の豊穣《ほうじょう》」

緑の魔力がユグドラシルの魔力《マナ》を引き寄せ、更に増幅し……農園を中心に緑が繁っていく。

「にょきにょきにゃー！」

「おおきくにゃあれー！」

お祖父様はさっきのことがあるので、周囲をディルクと警戒してくれている。

「奇跡だ！」

「きっとヤオヨローズの神様だ！」

「え？　それ違う！　なにそれ違う！　八百万《やおよろず》だよ！　いや、八百万の神でもないけど！」

「ヤオヨローズ様！」

「ヤオヨローズ様万歳！」

「ひ、人の話を聞いてぇぇ!?」

私の悲痛な叫びが響く。そこにシュシュさんが颯爽《さっそう》と……。

「みんな、落ち着け！　ヤオヨローズとは、数多《あまた》の神々という意味だ！　ロザリンドちゃんは数多の者を救う神！　つまり、センジュカンノーンだ！」

更なる爆弾を投下した。なんでやねん！　そもそも神じゃありませんから！

「それもちがぁぁぁう‼　私に千本も腕はない！」

「む？　しかし贈り人は神の加護と寵愛《ちょうあい》を得る……神子《みこ》だな！　よし！　神子様を讃《たた》えよ‼」

「……違うのに……」

もうなに言っても無駄な気がしてきた……いや！　まだある！　手段はありました！

「ハル、拡声」

「ん？　おー」

すうっと息を吸う。ラビーシャちゃん、私に（演技）力を分けてくれ！

「私は神子・カナタ殿の願いによりこちらに参りました。私とカナタ殿は同郷にございます。カナタ殿は此度《こたび》のことに大変心を痛めておいででした。私も微力ながらお力になりたいと願った次第でございます」

「……ロザリンドちゃん？」

秘技！　手柄をすり替え！

カナタさんがこれでシュシュさんと結婚できればいいよね！

「私ではなく、称《たた》えるべきは神子・カナタ！　危険を承知で食料買い付けに行っているカナタです！　私は彼の願いがなければ来ませんでした！　さぁ、カナタコールです！　カーナータ！」

「カーナータ！」

「カーナータ！」

「カーナータ！」

これ、確実にカナタさんがびっくり案件だよね。でも仕方ないよね。見たことも会ったこともないけれど許してください、カナタさん。

私は、カナタさんにまんまと手柄を擦《なす》り付けることに成功しました。

「神子様、これもってけ」

「神子様、これうまいぞ」

擦り付けることには成功したが、神子様の称号とお野菜のおすそ分けからは逃れられな……あれ？　こ、これは……‼

「……チョコ？」

「よく知っていたな。これはこの地域の特産品だ。正確にはちょこれいとと呼ばれる高級菓子だぞ」

「……カカオがあるんですか⁉」

「かかお？　ちょこの原料か？　あるぞ」

「商売しないから！　自宅で楽しむんで売ってください！」

シュシュさんがドン引きしていましたが、チョコとカカオをゲットしました！

「ご機嫌だね、ロザリンド」

「チョコはおいしいですよ！　ディルクにも食べさせてあげます！」

「うん？　ありがとう」

「はい、あーん」

チョコを一欠片、ディルクに食べさせる。

「え？　あ、あーん」

「おいしい？」

「…………う、うん……」

口もとをおさえて、やや挙動不審なディルク。私も一個、チョコを食べてみた。美味《おい》しいんだけど……ちょっとざらつく。うーん、改良の余地ありだね。

「あれだな。ラブラブだな」

「ラブラブですね」

シュシュさんとアンドレさん……西の農場の皆様が私達を生暖かく見守っていたのに、私は気がつきませんでした。

◇◇◇

シュシュさんにお礼がしたいとお誘いを受けましたが、今日は昼食をお祖父様のお屋敷で作る約束があるから、とお断りしました。城で報告して、昼食をとってから東のユグドラシル活性化をすると話した時、双子ちゃんのせいで余計な情報を流してしまった。

「おねーちゃん、おひるごはんなぁに？」

「おむらいすおいしかったにゃあ！」

「……ハンバーグの予定です」

「はんばぐー？　カナタが食べたいと言っていたやつか？　その、作り方を教えてもらえないか？」

シュシュさんが食いつきました。うう……まぁ仕方ないよね。

「わしも食いたい！」

「………………」

元気なオッサ……王様来ちゃいました。盗み聞きすんなよ、一国の主！　しかもどこから出てきた⁉　なんで壺《つぼ》から……さては仕事をサボっていたな⁉　無言で家主にどうします？　と問いかける私。シュシュさんはさておき、オッサ……王様が来ると、多分逃亡させないためにジェス達が来るよね？　遠い目をしつつ、お祖父様が頷《うなず》きました。

「仕事をきちんとやると誓うなら構いません。サボったら二度と陛下には食事を作りません」

「約束しよう」

王様はキリッとした表情で言いました。

「「ありがとうございます」」

ジェスとジューダス様から感謝されちゃいました。というわけで、大人数になっちゃいましたがお祖父様のお屋敷に帰還です。

「……おかえりなさいませ」

さすがはできる侍従さん。一瞬気が遠くなったようですが、きちんとにこやかに対応しています。

「シュシュさんはこっち。私達はご飯作ってきます」

「うん、ではな」

シュシュさんと厨房《ちゅうぼう》に向かう。気になったのでちょっと聞いてみた。

「アンドレさんにカナタさん、何か言っていませんでした？」

「ん？　ああ、なんか初対面で『アンドレまでおるとかなんやねん！　お前には絶対負けへんからな！』とやたら張り合っていたが」

「ああ……」

どうやらアンドレさんは、カナタさんより先にシュシュさんと出会っていたようだ。見たことも会ったこともないカナタさん、つっこませてください。シュシュさんはオス○ル様じゃないから！似ているけど、違うから！

シュシュさんはカナタさんがアンドレさんにやきもちを妬《や》くのが嬉《うれ》しいらしい。ちなみにアンドレさんはつがいと結婚しているそうで、浮気なんてありえないそうです。

厨房についたら、シェフさんが緊張しまくっています。何故《なぜ》だ。

「そんなに緊張せずともよいぞ？」

「ウルファネアの軍神姫に緊張すんなとか無理っすよ！」

「軍神姫？」

「ウルファネアの英雄に並ぶ有名人なんですよ！　女性でありながら公爵となって、民のために先陣をきって戦う！　サーガもあるぐらいですよ！」

「え？　マジで？　それ、どこで買えますか？」

「ウルファネアの本屋ならどこでも……」

「私は英雄殿ほど有名ではない！　ロザリンドちゃんだって肉の聖女様じゃないか！　サーガどころか絵本まで出ているぞ？」

「え？　肉の聖女様ぁぁぁ！！？」

シェフさんは私の素性を知らされていなかった。気が利く侍従さんの気遣いですね。ありがとうございました。今、バレました。

「まあ、とにかく今はお昼ご飯を作りましょう」

「そうだな。ロザリンドちゃん、指示してくれ」

私はお互いテンションを下げつつ、調理に取りかかった。シェフさんだけがテンションを上げておりました。

「先《ま》ずはお肉をミンチにしてください。細かく刻んで細切れにします」

「うむ、得意だ！」

言うだけあって、凄《すご》かった。包丁さばき……いや、あれは剣技だな。見事としか言いようがないレベルでしたよ。あっという間に大量の挽肉《ひきにく》ができました。そこに材料を混ぜて、ハンバーグのタネをコネコネ。単純作業なのでお肉を分けてみんなでやりました。

「はんばぐーとは、手の込んだ料理なのだな」

「まぁ、ウルファネアは大半塩焼きですからねぇ」

それに比べたら手が込んだ料理だろうなぁと思いました。シェフさんも真面目《まじめ》に手伝ってくれています。あとでレシピをシュシュさんにあげると話していたら、シェフさんも欲しいと必死に言うんであげることにしました。

「完成！　ロザリンド特製お子様ランチです！」

「はんばぐーではないのか？」

「ハンバーグも入っていますけど、こういうプレートに子供が好むメニューを盛ったモノをお子様ランチと言うのです」

ちなみに、ハンバーグ、エビ（？）フライ（川にいるエビモンスターのフライ）、綺麗《きれい》な山形ご飯、ナポリタン、タコさんウインナーとサラダです。デザートはガトーショコラですよ。

「うまそうだな！」

子供達のはハンバーグにウインナーのお耳のウサギさん。顔をケチャップで描きました。

「うさちゃんだにゃあ！」

「かわいいにゃあ！」

「うさぎさん……」

「すげー」

喜ぶちびっ子達。うむ、たんとお食べ。

「うまぁぁい！」

おい！　いただきますをする前に食べるなよ王様《オッサン》！　フリーダムなオッサンめ！

「「父上」」

王族兄弟《きょうだい》からブリザードが発生しました。叱《しか》られてシュンとするオッサン。どっちが親だかわからないね。

「では、いただきます！」

皆さん早い早い！　食べるのが早い！　お腹《なか》がすいていたんだね。

「ロザリンド、おいしい」

「ディルクにそう言ってもらえるのが一番嬉しいです。おかわりもありますから、たくさん食べてくださいね」

「うん」

そんな感じで会話していると、シュシュさんが話しかけてきました。

「ロザリンドちゃん、カナタが言っていたはんばぐーはこれじゃない気がするんだ」

「覚えている範囲でいいので、どんな物か聞いてもいいですか？」

「はんばぐーとぽてとこーらが飲みたい……と言っていた。飲み物だったのだろうか？」

「コーラが飲み物、あとは食べ物ですよ。なるほど、ハンバーガーでしたか。コーラはさすがに再現できませんが、ハンバーガーとポテトは可能です」

「そうか！　ありがとう、ロザリンドちゃん！」

シュシュさんはにっこりと微笑《ほほえ》んだ。私はハンバーグをハンバーガーに改造。更にサンドイッチ用の包み紙の上に、無駄にクオリティが高いマク〇ナルドならぬシュシュナルドのロゴを書いた。さらにフライドポテトも厚紙を用いてファーストフード風にした。更に私は大容量鞄《かばん》・時間停止付与をシュシュさんに渡した。

「シュシュさん、この鞄は温かい食事を腐らせず保存できます。カナタさんにこれごと渡してください」

「ありがとう！　きっとカナタも喜ぶな！　次はぜひ、カナタが居るときに遊びに来てくれ！　全力で歓迎するよ」

「はい、喜んで」

私はシュシュさんと今度は遊びに行くと約束しました。シュシュさんは忙しいらしく、食事を終えると仕事に行きました。見習いなさい、王様《オッサン》！

「いい友達ができて良かったね」

「はい。また次に会うのが楽しみです」

次はカナタさんにも会えますよね！　お土産とか、何を話すかとか、楽しみです！

◇◇◇

皆さんご飯に大満足だったようです。シェフさんも味見……というか彼のぶんも作ってあげたのですが、大絶賛され弟子入り志願されました。

「すいません、私は料理人ではなくディルクのお嫁さん志望ですのでお断りします」

「そんな⁉　こんなに素晴らしい料理を広めないのですか？」

「私はディルクが美味《おい》しくご飯を食べてくれれば、それでいいです。丘の上の小さなお家《うち》で穏やかに暮らしたいですね」

「それは難しくないかな？　なるべく叶《かな》えてあげたいけど」

「老後ですから、叶えます。子供に仕事を押しつ……引き継いだら、二人で静かに暮らしたいです」

「うん、いいね」

ディルクとにっこり笑いあいました。シェフさんは残念そうです。

「レシピのいくつかはミス・バタフライに売っていて、クリスティアで普通に流通していますよ？」

「ミス・バタフライ？　奇跡のレシピ女王様⁉」

おい。ちょっと待て。変な名前出てきたよ⁉　聞きたくないけど詳しく聞いたところ、ミス・バタフライという商人がレシピを売り出した。レシピはまさに奇跡と言いたくなるほどに美味な料理ばかりである。いつしか料理人達は謎に包まれたレシピの書き手を讃《たた》えるようになった。

『奇跡のレシピ女王様』と！　ミス・バタフライは決して書き手の情報を漏らさなかった。唯一解ったのは、レシピ製作者が女性だということのみである。

「どうしてそうなった⁉」

テンションが下がったものの、私だとバレていないからまぁいいか……と諦《あきら》めました。

さて、城に戻りました。ちみっ子達はお昼寝、お祖父様はお仕事で私とディルク、なぜか護衛だと言ってディスクさんが来ています。

サボりたがる王様には、頑張って仕事したらジェスがガトーショコラ（お昼の残り）をくれますよと呪文《じゅもん》を唱えました。効果は抜群だったそうで、ジェスに拝まれました。だから私を拝んでも御利益はありませんったら。

「……来ないね？」

東の代表、来ていないらしい。え？　帰っていいですか？

「やあやあ、待たせたね！」

キラキラ……いや、ギラギラした男が現れた。金の毛並み……獅子《しし》、かな？　シュシュさんの同族？　なんとなく嫌な感じ……というか失礼じゃね？

「……帰っていいですか？」

思わず本音が出ました。帰りたい。私、この人の相手をしたくない。

「いや、ちゃんとお仕事しようね？」

ディルクにナデナデされました。ディルクに癒《いや》され……あ、ディルクさんもだいぶイラッとしたんだね？　目が笑ってないや。たまには私が癒してやろう！

「ディルクのナデナデ大好き……もっと撫《な》でて？」

ディルクの手にスリスリ甘える。ディルクは優しい笑顔でナデナデしてくれました。癒されたかな？　激おこではなくなったみたい。穏やかな表情をしていますね。

「あのー、早く東に行きません？　待たせているんで」

放置していたギラギラ男が言いました。待たせている？　嫌な予感がしました。そして、大当たりしました。

パレードフロートが待っていました。いや、乗らないよ！　意味わかんないよ！

「このパレードにはなんの意味がありますの？」

「東は唯一大海嘯《だいかいしょう》の被害にあいましたからね！　みんな、沈んでいるのです！　だから景気づけにと用意しました！　そこに聖女様がいらっしゃるとうかがいまして！　丁度いいと思いました」

つまり、だ。疲弊した東の民の慰安に参加しろと？　いや、意味わかんない。なんで私が⁇

「申し訳ありませんが、彼女は華美なものを好みません。パレード参加は辞退させてください」

「え？　筋肉祭では出ていましたよね」

「あれは賓客として招かれておりましたし、きちんとした依頼があってのことです」

ディルクが前に出て、私の意見を代弁してくれる。頼もしい！

「な……別に減るものでもない……」

「申し訳ありません。ようく叱っておきます。こんなことしてる場合じゃねぇだろうが、クソが！

何回言っても聞きやしねえ……」

ギラギラ男が鼠《ねずみ》の獣人さんにどつかれた。え？　ふっとんだよ？

「申し訳ございませんでした。クソ主のかわりにお詫《わ》び申し上げます」

これはまた、変わった主従関係だね。鼠の獣人さんはミチュウさんというらしい。ギラギラ男はレオールだそうだ。

「クソ主、パレードしたきゃ独りでやれ。聖女様も忙しいんだ。断られたら諦めろ、クソが」

クソクソ言いすぎじゃないかな。中身は正論だけども。ミチュウさんは話がわかりそう。

「そうですね。私もさっさとお仕事がしたいです。案内してくださる？　あと、私はロザリンドです。聖女ではありません」

「失礼いたしました、ロザリンド様。ご案内させていただきます」

「わ、私も行く！」

え？　もういいよ。ギラギラ君はゆっくりパレードしてなよ！　しかしギラギラ君はついてきた。パレードの人達は予定ルートを行くように指示されていました。

転移の魔宝石で東の村まで転移した。

「魔法とは便利なものですね」

ミチュウさんにそんなことを言われつつ、農場に到着。

「ヴァルキリー、魔術師モード！　みんな、これで最後だよ！　力を貸して！」

「「「「おう‼」」」」

やっぱり絶対一人多いよ！　と思いつつ、術式に集中！　魔力を解放する。

「緑の豊穣《ほうじょう》」

私の魔法でユグドラシルの魔力《マナ》が急速に大地を満たしていく。あっという間に農場が復活した。

「おお、畑が……」

「これでなんとか食いつなげる！」

「あれ？　あの子、大海嘯で村を助けてくれた魔獣達の主だ！　魔物避《よ》けの高価なアイテムも使ってくれたらしいぜ！」

え⁉　大海嘯の時、確かにこの村に来たかも……まさか覚えられてたとは……。

「何⁉　ってことはあのお嬢ちゃんは……」

「救世主様だ！」

「え⁉　なんでそうなった⁉」

「救世主様！　ありがとうございます！」

「ありがとうございます！」

あ、あわわわわ！　囲まれた！　ヴァルキリーによじ登る猛者《もさ》は居ないけど、動けないよ！

「みんな、ロザリンド様……救世主様が困ってんぞ！　感謝を伝えたら、仕事に戻れ！　暇ならろくでなし公爵がパレードをさせているから、そっちを見に行け！」

ミチュウさんの一喝で、皆さんサッといなくなりました。口は悪いが相変わらず正論を言っています。統率力があるんだね。ろくでなし公爵はいじけています。

「では任務完了ということで」

「ありがとうございました。こちらからも後日なんらかのお礼をさせていただきます」

ミチュウさんは深々と頭を下げた。

「いえ、こちらも囲まれて困っていました。先ほどはありがとうございます。あと、救世主はやめてください」

私はミチュウさんにお礼を言った。仕事は終わったし、さっさと城に報告しに行こうとしたら、ろくでなし公爵が叫びだした。

「なんで私を無視するんだ！　シュシュリーナ……あいつが私を悪く言ったんだな⁉」

「シュシュさん？」

いきなりで驚いたが、もしやこいつがシュシュさんに酷《ひど》いこと言いやがった奴《やつ》か？

「彼女はそんなつまんないことしねーよ、クソ公爵が！　すいません、気にしないでください」

そうしたい所だが、ろくでなし公爵から黒色……いや、正確には様々な色が混ざりあった黒に近い色の魔力が吹き出している。

「……アリサ、あれなんとかできる？」

「ママ、あれは呪《のろ》いに近いけど、違うよ。アリサじゃ浄化できない」

「ついにアタシの出番ね！」

「は？」

ゴージャスな金色。昼間の明るさでも光を放つ、綺麗《きれい》な女の子……女の子？　男の子？　どっちだ？

「名前をちょうだい。なんとかしてあげるわよ」

「え？　あ……チタはどう？」

ふと、チタナイトという金色の石を思い付いた。

「ふふ、気に入ったわ。魔力を分けて。神に祝福されたアタシなら、あんなの一撃よ！」

「だ、大丈夫なんですか⁉」

不穏な気配を感じとり、慌てるミチュウさん。倒すのはろくでなし公爵ではなく黒っぽいナニかです。

「大丈夫ですよ。むしろ、放っとくほうがまずいです。チタ、お願い」

「任せなさぁい！」

金色の輝きが黒っぽいナニかを溶かしていく。

「あぐあああああ⁉」

「うふふ、ちゃんと魔を祓《はら》ったわよ」

「……魔？」

「ええ。魔を知らないの？」

チタはこてんと首を傾《かし》げた。知りません。初めて聞きました。

「あれ？　私は……」

ふらふら立ち上がるろくでなし公爵。そして、いきなり倒れた。

「わ、私はなんということを……ミチュウ！」

「え？　おう」

「今まで我が儘《まま》ばかりですまなかった。シュシュリーナ様にも酷いことを……私が彼女に劣っているのを誤魔化《ごまか》すためにあんな……私は最低だぁぁ！」

「……レオール？」

ミチュウさんがろくでなし公爵……ではなくレオールさんを呼ぶ。レオールさんはひとしきり落ち込むと、立ちあがりミチュウさんを呼んだ。

「ミチュウ、仕事を片付けよう！　落ち込むのはいつでもできる！　救世主様、数々の非礼、本当に申し訳ありません。後日、必ずきちんとお詫びをいたします」

彼はそう告げると、颯爽《さっそう》と歩きだす。ミチュウさんは慌てて追いかけつつ、私に叫んだ。

「ありがとうございました！」

急展開についていけない私。レオールさんは明らかにキャラ変わっちゃったよね？　チタいわく、魔は人の負の感情にとり憑《つ》いて増幅してしまうらしい。魔を祓えるのは聖属性のみだそうです。

チタに聞きたいことがたくさんありますが、報告のためお城に戻ることになりました。

◇◇◇

お城に戻った私達。無事に東も終了したと報告しました。ジェスとジューダス様が応対してくれましたが、どっちかでよくないか？　まぁ、ジューダス様に用があったからいいけど。

ジューダス様にレオールの話をした。ジューダス様は明らかにホッとした様子だった。

「そうか、あれは解放されたのだな」

なんでもレオールが魔にとり憑かれたのはジューダス様のせいだという。他に犠牲者を出さないために彼は聖域にこもっていたそうだ。

「アリサ、ジューダス様は呪《のろ》われているの？」

「ううん、違うよ。寄生……？　わかんない。アリサより強い、なにかみたいだよ」

「チタは？　何か解る？」

「魔ね……でも悪いけどアタシでも無理、かしら。試すくらいはしてもいいけど」

ジューダス様が頷《うなず》く。ですよね、うん。

「ま、ダメ元でやりますか。ジューダス様、いいですね？」

「……頼む」

ジューダス様が腕輪を外す。彼から、あのあらゆる色を溶かしたような黒に近い色の魔力が溢《あふ》れだす。

「チタ！」

「任せなさい！」

チタの光がジューダス様を包みこむが……。

「きゃあああ!?」

黒に似た色の魔力が光の包囲網を突破して私を包んだ。魔力の供給元を絶とうってことか!?

「ロザリンド！」

「来ちゃダメ！　私にはチタもアリサもいるけど、ディルクは耐性がないから！」

「ママ！」

「せっかく見つけたご主人様を無くしてたまるかよ！」

「ロザリンド！　くっそ、どけよ！」

ちょ⁉　チタさんキャラ違う⁉　アリサ、チタ、ハルが懸命に私を救おうと足掻《あが》く。

「う……」

しかし、黒っぽいナニかは私を覆い、私の意識は闇《やみ》に落ちた。


暗い。真っ暗だ……と思ったら様々な映像が流れる。負の感情を増幅しようとしているのかな。思い出したくないやつばっかり。

「うわぁ……黒歴史だなぁ」

凛《りん》さんのギザギザハート時代ですよ。うはぁ。

さて、どうするかなぁ。思ったほどダメージはないけど、うざい。自分の死を夢とはいえ体験し続けたロザリアと、死の脅威と戦い続けた凛。メンタルは強いですよ、どっちもね。私はノーダメージです。辛《つら》かったのなんて昔のことだしね。ぼんやりしていたら、今度は巨大なムカデが出てきました。

「うわ⁉」

指輪を双剣にして切り刻んだら消えました。あーびっくりした。あ、いっぱい出てきた。とりあえず全部刻みました。なんなのかな？

あれから、手を替え品を替え……嫌がらせをされました。多分、嫌がらせじゃないかな？　さすがに多量のコックローチが出てきた時には焦りましたが、消し炭にしてやりました。

ディルク（偽物）の浮気映像なんかもありましたが、ノーダメージ。私はディルクを見間違いません。自分が死ぬ未来なんて見慣れているし、みんなが死ぬ未来は回避する予定です。

あれ？　コックローチが消し炭にできたってことは、魔力が使える？　これ、もしかして夢なのかな？　ずっと前にロザリアに入り込んだ的な。なら、思い通りになるよね。私の身体《からだ》は私のもの。主導権は私にある。これが私の夢なら、簡単に干渉できるはず。私は以前スイとハルにしてもらった時のように、夢に干渉した。

一気に視界が鮮やかになった。私達の精神世界は混ざっていて、見慣れた森と白亜のお城。精霊が増えたからか、池やら火山やら……綺麗な景色《けしき》ではある。

……ど……。

ん？　なんか聞こえた。

どうして⁉

男の子かな？　知らない声にひかれてフラフラ歩きだすと、急に腕を引かれた。

「ロザリンド！　ロザリンド！」

「……ディルク？」

多分、本物のディルクだ。え？　何故に？　ディルクは私を確かめるように抱きしめる。さりげなくモフる私。うん、このモフ心地は本物のディルクです。あれ？　ディルクが震えている。どうしたのかな？　怯《おび》えた様子のディルクを撫《な》でた。

「見つけたよ！」

「心配したんだよ！」

「ママ！　ママ！　うあああああん」

私の精霊さん達が勢揃《せいぞろ》いである。アリサも……よく見たら、みんなが泣いている。え？　あ、夢に介入したのかな？　もしや泣かしたのは私か？　みんなをそんなに心配させちゃった？

「帰ろう」

ディルクが私の手をとった。もちろん帰りたいけど、あの声はなんだったのだろうか。

あの知らない声に後ろ髪をひかれ振り返ろうとした瞬間に、ハッキリと聞こえた。

「なんでおまえばっかり愛される！　おまえなんかいらない‼」

突き飛ばされたような弾《はじ》かれた感覚と、そのあまりにも悲痛な叫びを最後に、私の意識は急速に現実へと引き戻された。

◇◇◇

眩《まぶ》しい光を感じて目を開ける。起き上がった途端に衝撃がきた。

「ぐは!?」

「ロザリンド！」

「兄様？」

「ロザリンドちゃんたら……ねぼすけさんね」

「母様？」

「おはよう」

「おはようございます、父様」

え？　私は何故《なぜ》に寝起きで兄に抱きしめられているの？　兄よ、ちと痛いのですが。というか、ここどこ？　なぜ両親がここに？

「魔の気配は完全に消えているわね。体調は？」

金色に柔らかな輝きを放つ、ゴージャスな巻き毛の……あ、チタですね。思い出してきました。魔に包まれたんだっけか。

「ん？　うん。大丈夫」

「ロザリンド、一日近くも目を覚まさないから心配したんだよ！　この……ばか！」

「あ、あう……すいません」

兄がマジ泣きです。ああああ、すいません！　心配かけてすいません！　土下座でもなんでもするから泣かないで！　抱きつく兄の背中を宥《なだ》めるようにナデナデしました。精霊さん達も勢揃いで私を見ています。みんなが微妙に涙目です。ご、ごめんなさい。

「ちなみに、ここは何処《どこ》ですか？」

「我が家の客室じゃよ」

「お祖父様……」

「城から連絡を受けてな。家族にはわしから連絡した」

「申し訳ありませんでした」

兄が抱きしめるのをやめたので、きちんとお祖父様に頭を下げた。

「いや、無事で良かった。ディルクも力になったようだな」

「……はい。彼女は自力でなんとかできたみたいですが、お祖父様のおかげで早く目覚めるきっかけにはなれたと思います」

ディルクが優しく微笑《ほほえ》んだ。夢で迎えに来てくれたのは、やはりディルクだったみたいですね。

「ロザリンド、夢の中で何があったの？」

「え？　んーと……多分魔は私の負の感情を高めたかったみたいですが、私メンタル超強いですし……結論を言うと、魔に嫌われました」

しん、と場が静まった。私、変なこと言った？　あの最後の叫びはそうだと思うの。

「魔に意思があると？」

お祖父様は信じられないご様子です。

「多分、あります。レオールさんのはどうだか解りませんが、ジューダス様に憑いている奴《やつ》は意思があると思われます。最初は凛……私の贈り人が成人まで生きられないと告知されて、絶望してや

さぐれていた頃《ころ》の場面を見せられまして」

「え？」

ディルクが青ざめた。家族が悲痛な表情になる。いや、昔のことだから平気だよ？　今は身体、健康だから気にしてない。

「今は健康体ですし、うへぇと思ったぐらいですね。効果がないとわかると、今度は私がひたすら死に続ける映像を見せられました」

「ロザリンド……」

私よりもみんなが泣きそうなんですけど。いや、ハクは泣いているな。泣くな、私は大丈夫だから。不愉快ではあったけどね。

「そもそも、私は天啓で同じような映像を散々見ていましたし（むしろ体感できる分天啓の方がたち悪かったし）凛はその未来を変えるために居ます。むしろこんなパターンもあったよね、原因はなんだったのだろうかと考察していました。なので、それも効かないとわかると多量の巨大な虫が出てきました」

「え……」

兄が気絶しそうです。大丈夫か、兄。虫が嫌いだもんね。

「さすがにびっくりしましたが、魔物だと思えば気になりませんでした。全部剣と魔法でなんとかできましたしね。そこで、あれ？　これ夢かな？　なら主導権はこっちにあるよねと夢を取り返しました」

「なんというか……ロザリンドだな」

「さすがロザリンドとしか言えない。普通は巨大な虫なんか倒す発想がないし、夢を取り返すとか思いつかないよね」

付き合いが長いスイとハルが呆《あき》れています。いや、ねえ？　気がついたなら、取り返すでしょ。普通はそもそも気がつけない？　ああ……そうかもしんないね。私はロザリアと夢で遊んだりもしていたからなぁ。

「その時に、なんでおまえばっかり愛される！　おまえなんかいらない‼　と言われました。だから意思があると思われます」

「ロザリンドは夢の中でも戦っていたんだね」

「はい。お迎えありがとうございます。取り返してすぐに、ディルク達が来てくれました。出口はわかりませんでしたし、助かりました」

「ディルクの魔力操作は見事なものじゃった」

「魔力操作？」

「ディルクは魔力を操作して魔を制御しロザリンド様を見つけ出した。魔を操るのが我が血筋です」

お祖父様が私に礼をとった。ウルファネア王族以外にはあまりされたことありませんね。

え？　なんで忠誠の礼⁉

「え？」

「ロザリンド様……いえ、聖女様。これは我が国の創立にも関わる国家機密にございます。城にて話を聞いていただきたい」

「ええ？　それは（嫌だけど）構いませんが……な、何故にお祖父様は忠誠の礼を？」

「我らはきっと貴女《あなた》をお待ち申し上げていたのです」

面倒な予感しかしない！　え!?　マジで!?　どうなっているの!?

「に、兄様……」

兄に助けを求めたが、更に落とされました。うん、人選を間違った！

「僕らは家で待っているよ。ロザリンドはぐっすり寝ていたわけだし、今夜は寝かせないよ」

うああ……兄様いい笑顔。説教宣告をいただきました！　し、仕方ない。ここまで心配させてしまったのだから、説教されないとかありえないよね。自業自得です。

「はい……帰ったら覚悟しています」

「その、聖女様は善意で第二王子殿下をお救いしようとされたので……」

「それはそれ、これはこれです」

項垂《うなだ》れた私に助け船を出そうとしたお祖父様だが、兄はぴしゃりと別問題だと言い切った。さすがは兄！　いや、言い訳しません。私が逆の立場でも同じです。仕方ないです。

「あ、でも兄様は帰らないで欲しいです。せっかくだから、シーダ君の畑を見ていってください。私もちゃんと説明しましたが、兄様と話した方がいい部分もあるでしょうし」

「うん、わかった」

「帰りに迎えに行きます。一緒に帰りましょう」

「じゃあ、待っているよ」

「時間が余ったら、ここの庭園を散歩しましょう。兄様、ここの薔薇《ばら》は凄《すご》いですよ」

「そうなの⁉」

兄様の瞳《ひとみ》が輝いた。それでこそ兄です。

「多分兄様が一泊したくなるレベルだと思います」

「帰りに絶対散歩しよう！」

「はい、約束です」

私は兄と約束しました。なんかみんなから微笑《ほほえ》ましいという視線を受けてる気がするのは気のせい？　父、母、精霊さん達全員から抱きしめられました。うん、みんな……ごめんなさい。

◇◇◇

ディルク、お祖父様と一緒にお城に行くと、すぐに応接間に通されました。

「無事か、主！」

部屋の扉を開けたらジェスが飛び出してきました。

「ぐは⁉」

勢いよくぶつかってこられました。いきなりだから避《よ》けられなかった。

「だから主じゃないったら……無事ですよ。心配させてごめんね」

応接間には王様、ジューダス様、シュシュさん、レオールさんが居ました。なんだかジューダス様、どよんとしてない？　それは困るんだけどな。

「ロザリンド、すまない……私は君の優しさに甘えて君をひどい目に……」

「認識が甘かったのはお互い様です。私は無事だったのですから、問題ありません」

「……すまない」

私はジューダス様の額にデコピンをかました。微動だにしないジューダス様。

「謝罪禁止。お礼なら受付中です」

「……ありがとう」

困ったように、でも確かにジューダス様は柔らかく微笑《ほほえ》んだ。場の空気が和んだところで、お祖父様が話し始めた。

「さて聖女様に聞いていただきたいのは、この場にいる者達の役割についてです。我らは、救世の聖女様からとある使命を受け、ずっと守ってまいりました」

要約すると、救世の聖女はこの地で魔を封じたが、魔を滅ぼすには至らなかった。そこで魔力干渉を受けにくい銀狼《ぎんろう》族の血に魔の一部を封じた上で、有事には魔を制御できる魔豹《まひょう》族（お祖父様の一族）と聖属性を生来保持する金獅子《きんじし》族（シュシュさんとレオールさんの一族）とともども東西南北に配置し、それぞれ地方の長とした。北に魔豹族、南に銀狼族を配置したのは、北は高山があり、南には渓谷があり、魔の復活時には緩衝地帯となるから。他国に魔が蔓延《まんえん》するのを防ぐための布陣だったわけです。

しかし、ここで誤算がありました。族内婚を繰り返した結果子供が減り、恐らくは本能的に血を薄めるために、一族以外でのつがいが増えてしまった。

実際にジューダス様は銀狼とドラゴンの子供ですし、レオールさんも普通の獅子獣人との子供なのだそうです。

血が薄まり、魔の一部が発現してしまったのがジューダス様。お祖父様もシュシュさんとレオールさんも抑えるまでしかできなかった。

「しかも、私は魔を抑える時に憑《つ》かれてしまった」

悲痛な表情のレオールさん。

「私はシュシュリーナ様への劣等感をつかれ、魔に支配されたのです。しかし、シュシュリーナ様を傷つけたことも、魔につけこまれたことも言い訳にすぎません。本当に申し訳ありませんでした。更に私は……魔に憑かれたと知りながら隠し続けた！　私は最低の獣人です！」

レオールさんが泣き出してしまった。うーん……シュシュさんにしたことは許しがたいけど……。

「レオールさんは、それでも魔を抑えていましたよね？」

「は？」

「ミチュウさんが無事だったのですから、魔が他に憑かないように抑えていましたよね？」

「……はい」

「他に犠牲者は出ていませんし、ぶっちゃけ過去をウダウダ言っても仕方ないですよね。覆らないですし」

「ふふ、そうだね。私も賛成だ。過去は過去だよ、レオール殿」

ふわりとシュシュさんが微笑んだ。

「まぁ、シュシュさんを傷つけておいて助力を請えなかったのも解ります。プライドがあるから言えなかったのも解ります。次からはちゃんと助けを求めましょうね！　以上！」

「うむ。気をつけるのだぞ、レオール殿。私も気をつける」

ぽかーんとするレオールさん。涙目になりながらもしっかりと頷《うなず》いた。私とシュシュさんはにっこりと笑いあう。

「うむ。過去をふりかえっても仕方ない」

王様も頷いた。

「そうです。で、ジューダス様の今後ですが……ジューダス様」

あれ？　ジューダス様の手を取ろうとしたら、逃げた。もう一度トライする。避けるジューダス様。

「す、すまない。体が勝手に……」

ジューダス様の意思では無いらしい。つまり、魔が嫌がっているのね。

「あ、悪巧みを考えている時の顔だ」

ディルクに指摘された通り。私はにんまりと笑った。

「てい」

抱きしめようとする私。避けるジューダス様。

「あはははははは」

「か、体が勝手に⁉」

追う私。逃げるジューダス様。

「あはははははははは」

「は、きつい……げほっ⁉」

追う私。むせながら逃げるジューダス様。

「あははははははは」

「うあああん！　わけわかんない！」

追う私。泣き叫びながら逃げるジューダス様……じゃなく、魔だな。ふはははは、逃がさん‼

「あははははははは」

「怖い怖い怖い怖い怖い！　真顔でくるなぁぁぁ‼」

実は全く笑わず、真顔であははと言っていた私。地味にホラーだね。部屋中を走り回る私達に、他の人達は固まっている。そうこうしているうちに、ついにジューダス様の魔が部屋のすみに追い詰められた。

「カバディカバディカバディ」

「は？」

「カバディカバディカバディカバディカバディ」

昔凛がテレビで見たカバディの動きを真似《まね》る私。しかもノンブレスでカバディと唱え続ける。無表情の残念な私と意味不明かつ俊敏な動きと呪文《じゅもん》的なカバディに、魔はすっかり怯《おび》えています。

「カバディカバディカバディカバディカバディカバディカバディカバディカバディ」

「い、いやあああああ‼」

絶叫とともにジューダス様が倒れました。ジューダス様はすぐにむくりと起き上がり……困った表情をしています。

「……どうやら引っ込んだようだ。全く存在を感じない」

場が沈黙に包まれた。

「うむ、狙《ねら》い通りです！」

うん、途中かなり悪ノリしたけど、概《おおむ》ね狙い通りですよ！

「ロザリンドはなにをしたかったの？」

ディルクが首をかしげて聞いてきました。確かに傍目《はため》には意味不明の行動ですよね。

「嫌がらせ」

「納得した！」

さすがはマイダーリン！　納得されちゃった！

「私は魔に嫌われたみたいですし、触られたくもないみたいだから絶対触ってやる！　と思いました。後半のカバディはなんとなくと、怯えていたんで全力で脅かしてやろうと頑張りました！」

「……結果として、魔は怯えきって隠れている」

ジュータス様は信じられないご様子です。

「なんという非常識娘……魔をビビらせるとか聞いたことないわよ」

チタに呆《あき》れられました。いいんですよ、結果オーライですから！

「そして、ジュータス様に私から呪文を授けます」

「カバディか」

「違います」

前から思っていたけど、ジュータス様もだいぶ天然だよね！　カバディ……まぁ、効くかもしんないけどさ。

「ではなんだ？」

「ズバリ『幸せだなぁ』です」

『は？』

王様以外の全員が、は？　と言って呆然《ぼうぜん》としてしまった。え？　おかしいですか？

「魔は負の感情を糧として増幅するシロモノですよね？」

「う……うむ」

お祖父様が頷いた。

「ならば、負の感情を出さぬよう幸せを感じればよいのです！　自己暗示大事！　ぶっちゃけ上を見れば上がいます。下を見れば下がいます。幸せを決めるのは己です！」

「まぁ……確かに」

若干納得した様子のジューダス様。まだまだ押しますよ！

「ジューダス様は健康体です。はい」

「……幸せだなぁ」

「ジューダス様は腕輪で魔を抑えられるようになりました。どこにだって行けます。はい」

「幸せ、だな」

「ジューダス様には心配してくれる優しい弟がいます。はい」

「……幸せだな」

「案外小さな幸せはどこにだって転がっています。ご飯がおいしい、誰かが喜んでくれた……自分が幸せか不幸かを決めるのは自分なのです！　なので、ジューダス様は自分がどれっだけ恵まれて幸せか、考えなさい！　今から貴方《あなた》はもっともっと幸せになるんですよ！」

「……ああ、幸せだ」

ジューダス様が涙をこぼした。とりあえず、魔がこれ以上力をつけることは阻止できるだろう。

「さすがは薔薇《ばら》に選ばれた聖女様だ」

「へ？」

「まさか、ロザリンドちゃんは薔薇の聖女なのか!?」

「ついに、ついに我らの主が現れたのですね!?」

お祖父様の言葉に目を輝かせるシュシュさんとレオールさん。私だけが今度は展開についていけてない。いや、ディルクもだ！　よかった、仲間がいた！

「え？」

「ロザリンド……さすがは我が主だな！　まさか薔薇の聖女だったとは……いや、俺の目に狂いはなかったということだ！」

ジェスも満足げだ。誰か、説明プリーズ！

「我が魔豹一族にはもう一つ、護《まも》るべきものがございました。それがあの光の薔薇にございます。光の薔薇に選ばれしもの、魔を打ち払う希望となる。光の薔薇の勇者にお仕えすることが、我らのもう一つの使命にございました」

「せ、聖女イベント⁉」

ああああああ、思い出した！　思い出しちゃったよ⁉　見たよ！　私、光の薔薇はゲームで見ていたよ！　ウルファネア北にある廃墟《はいきょ》のお屋敷……王様ルート解放後限定の、隠しイベント！

偶然庭園であれ？　このポイントだけ魔法使える。目の前に枯れた植物があるし緑の魔法でいいかなー、と軽い気持ちで魔法を使ったら、枯れた植物はさびれた庭園に灯《とも》る幻想的な光の薔薇になった……。しかし私は結局王様ルートはクリアしてないから、このイベントが本編にどう関わるのかは知らない。ただ王様ルートオープン後にしか発生しないため、関わるのは確実だろう。精霊を救えないか、ルート確定前に行ってみたがダメだった。

結局私が知っているのは、ヒロインが遅かったということだ。光の薔薇は復活したが精霊はもうボロボロでヒロインに最後の力をふりしぼり加護を与える。そして、隠し属性である聖属性をオープンさせるのだ。その精霊は、確かにチタそっくりだった。なんで忘れていたんだよ！

イベント後に城に行くと、何故か聖女と呼ばれるようになる。こういうことだったの⁉

「せいじょいべんと？」

ディルクが首をかしげる。

「いや、こっちの話だから。チタは何か知っている？」

「それが、アタシは薔薇を死なせないだけで手一杯で……ほとんど記憶がないのよ。何か大切な頼まれごとがあったと思うんだけど」

「そっか」

しかし、そうなると気になることがある。腕輪もなしに、ジューダス様はどうやってヒロインが来るまでもたせたのか。

「シュシュさん、偽りなく答えてください」

「……はい」

一番嘘をつけないタイプのシュシュさんに問いかけた。

「金獅子《きんじし》族と魔豹《まひょう》族は命と引き換えに魔を封じる……または力を殺《そ》ぐ能力がありますね？」

もはや、疑問ではなく確信に近かった。シュシュさんは目を見開いたが、肯定した。

だから、ゲームに彼らは居なかった。彼らの命と引き換えに、時間を得たジューダス様。下手《へた》したら、彼ら以外の命も使ったかもしれない。想像して、ゾッとした。

あの、悲しげな優しい優しい王様は、何を思っていただろう。

強くてニューゲーム状態のヒロインでなくてはルートがスタートしない。したところで救えない。

救世の聖女の遺物は近代兵器ばかりだったこと……全《すべ》てが魔を倒す布石だったんだ。

「私、主になります！　そのかわり、自害禁止‼　魔でもなんでも、どうにかしてやろうじゃないですか‼」

「ふふ、さすがはロザリンド。俺も手伝うよ」

「頼りにしています、ディルク。忙しくなりますよ！　ここからが勝負です！」

私にとっても、恐らくこれが最大の死亡フラグとなるのだろう。

私は、悪役令嬢になんかならない！　絶対死なないし、私の大切なものは死なせませんからね！

決意を新たに、みんなに指示を出すのでした。

◇◇◇

打ち合わせのあと、私は応接間の扉を開けて…………………閉めました。

うん、見なかったことにしたい。しかし、無情にも扉は再度開かれた。

「お話し中、申し訳ありません！　巨大な野菜が多数、城下町に現れました！　聖女様の仕業……ではないみたいですね」

以前の巨大な野菜は私のせいでしたが、私は今まで話し合いをしていましたから無実です。国のトップがアリバイを証言しますよ。

つまり、巨大なお野菜を作った犯人は……。

「何をやらかしたんですか、兄様ぁぁぁぁ⁉」

犯人は兄です！　思わず叫んだ私。

「おお、兄君も来ているのか」

「ロザリンド、どうするの？　まぁ、害はないみたいだし、敵意もなさそうだけど」

「とりあえず、兄様に確認しましょう」

私はディルクに抱っこしてもらって移動しました。そう、お姫様抱っこですよ！　速くて怖いから、ちゃっかり抱きつきました！　ディルクはいつもいい匂《にお》いです。

「ロザリンド、お帰り！」

あ、これダメなやつだ。私は兄を見て悟った。護衛《ゲータ》が謝罪のジェスチャーをしているわ。ゲータは悪くないよ。私にも止められたかは微妙だから。トサーケンは巨大な野菜に怯えている。まぁ、仕方ないよね。

兄は瞳《ひとみ》がキラッキラしています。ああ……うん。興味ある何かがあったんだね。シーダ君が明らかに戸惑っているんだけど、何やらかしたのかな？　というか、二人ともお野菜さん達になつかれていないかな？

「ロザリンド、すまん」

「え？」

「その……あの野菜、半分俺のせいなんだ」

シーダ君、意外なことに天啓・緑の手を持っていたそうです。でもよく考えたらユグドラシルの魔力《マナ》が枯渇した状態でも野菜を育てられていたわけだから、あってもおかしくないわ。

そして、初めて会った自分と同じ天啓をもつ相手に、兄は大興奮。緑の手は複数で魔法を使うと効果が上がるらしく、結果があの巨大なお野菜さんの群れというわけだ。

兄はうきうきしている。楽しそうだしいいか……と思いかけたが、よくない。

どうすんの、あのお野菜！

「野菜をどうしようか」

「近所のおばさんに捌《さば》いてもらうか」

シーダ君は近所のおばさん達に半分分けるからとお野菜さんのカットを依頼。近所のおばさん達は、素晴らしい剣捌きでお野菜さんを食べやすい大きさにカットしていく。半分ぐらいにお野菜さんは減ったが、まだ三十以上はいる。

「仕方ない。鞄《かばん》に入れて、お城に売るかな」

「……入るわけがないだろう」

「まぁ、全部は無理かもしんないけど、入る入る」

結果、全部入りました。体長五メートルはある、お野菜さん三十体が、全部入っちゃいました。どうなってんだよ⁉　自分でやっときながら驚きです。

「その鞄、どうなってんだよ！」

「魔法で空間を拡張してあるのですよ。しかし、まさか全部入るとか……予想外ですね」

「予想外なのかよ！」

「自分で作っといてなんですが、限界がどのくらいか調べていませんでしたし。どうせなら自動で食べやすい大きさにカットしてくれるとかだと便利ですよね」

私はうかつでした。驚きすぎて軽い気持ちで発言したら、私の鞄《ウエストポーチ》が輝きだした。

「えええええええ!?」

「ロザリンド!?」

しかし、鞄は輝いただけだった。ま、まさか！　そのまさかだった。先ほど収納したお野菜さんが綺麗《きれい》にカットされている!!　私は鞄《ウエストポーチ》さんを外した。

「いいですか、私に都合よくなんなくていいんですよ！　普通に鞄さんで大丈夫なんです！」

「……なんというか」

「シュールな光景だな」

兄とシーダ君が呆《あき》れています。地面に置いた鞄《ウエストポーチ》に必死で語りかける私。私の奇行に兄のテンションも下がったらしく、兄が正気に戻りました。

お野菜は城に売りつけましたが、兄はシーダ君をクリスティアにお持ち帰り……じゃなかった、連れて帰りたいご様子。熱心に説得しております。

「いや、俺は病気の母親とチビが居るから！」

「病気の？　早く言えばいいのに。アリサー」

「はぁい」

アリサがどうにかできる類の病気だったんであっさり治しました。

「シーダ……」

「母さん」

抱き合う母子。ちみたん達も交ざります。

「まま、お病気治ったの？」

「ロザリンドお姉ちゃんありがとう！」

「ロザリンドお姉ちゃん、おかしちょうだい」

ちゃっかりお菓子をねだられたので、シーダ君の兄弟にお菓子をあげました。

「お前に負担をかけてばかりだったけど、ようやく母さんも動けるのよ。好きにしていいの」

「母さん……でも、俺が家族を守るってミチュウ兄さんには約束したんだ！」

「みちゅう？」

最近聞いた覚えがあるんだけど……ミチュウさん？

「ええとお兄さん、東の公爵に仕えていたりしない？」

「会ったのか⁉　兄さんは無事だったか⁉」

「見る限り怪我《けが》はなかったよ」

「そうか」

シーダはにっこり笑ったが、なんか違和感がある。口が悪いけど、まともそうなミチュウさん。

兄弟を生活に困る状態で放置するかなぁ……気になる。

さっきレオールさんに通信魔具を渡したし、話せるかな？

「通話、レオール」

「聖女様、どうされました?」

「聖女はやめてください。ロザリンドでお願いします。ミチュウさん居ます?」

「はい、居ますよ。ミチュウ、我が主がお前に用があるようだ。くれぐれも粗相のないように」

余計なことを言わないでくださいよ、レオールさんや。

「あ？　これに話せばいいのか？　つーか、俺に何の用だろ」

「にーちゃん！」

「にーちゃんの声だ！」

「……兄さん？　ミチュウ兄さん？」

「あ？　シーダ？　ロザリンド様、どういうことですか？」

「ミチュウさんは、シーダ君達が生活に困窮していたのを把握していましたか？」

「……え？」

「シーダ君が盗みをしようとするほど、生活に困窮していたのを把握していましたか？」

「ロザリンド、やめろ！」

「ちゃんと話し合うべきです。レオールさん、聞いていますね？　私がミチュウさんに代わって仕事をしますので、ミチュウさんを貸してください。魔法で送迎もします」

「あ、僕も仕事手伝うよ」

というわけで、ミチュウさんはシーダ君ちへ。代わりにレオールさんの執務室で働く私達。門外漢のトサーケン以外も手伝っています。特にディルクは最近似たような仕事をしていますし、ゲータは数字に強い。書類はどんどん減っていき、休憩になりました。

「ロザリンド様とお兄様はおいくつですか？」

「十二歳です」

「十四歳です」

レオールさんの耳と尻尾《しっぽ》がしんなりした。なんだか落ち込んでいますか？

「はぁ……私はなんて無能なのだ」

「この二人と比べたら駄目ですよ。大半が無能になっちゃいます。そもそもロザリンドは六歳から、ルーは八歳から仮とはいえ宰相秘書官をしてたんですから、色々おかしいんです」

「は？」

「え？」

ゲータとトサーケンも驚いた。そういや知らなかったよね。というか、おかしいって身も蓋《ふた》もないな。

「一応補足しますと私は贈り人もちですから、純粋におかしいのは兄様です」

「ロザリンド？」

「あいたたたた⁉　兄様、ギブギブギブ‼　すいません、ごめんなさい、許してくださぁぁい‼」

兄からウメボシをくらいました。地味に痛い！

「仲がいいのだね」

レオールさんは苦笑している。この人、最初とイメージまったく違うなぁ。今はギラギラしてなくて、地味でセンスがいい。ちなみに、レオール＝フェルゼンさんなんだって。

うん、カナタさん……ツッコミは任せた！

「魔にとり憑かれていた理由が劣等感だって言っていましたよね？」

「ああ、私は何一つシュシュリーナ様に勝てなかったからね」

「ふぅん……勝ちたいんですか？」

「まぁ、ね」

「ちなみに、模擬試合ならいくらでも勝ちようがありますよ？　手段を選ばなければ」

「……いや、正攻法でいきたい」

真面目《まじめ》なんだなぁ、本来のこの人は。だからミチュウさんも見捨てなかったのかな？

「正攻法、ね。正攻法でも戦力に差があっても、やり方によっては覆せます。要はやり方ですよ。私だって実力ではディルクに四十九連敗しましたけど、一回は勝ちました！」

「「ロザリンドに四十九連勝⁉」」

え？　そっちに驚くの？　兄様もゲータも信じられないご様子です。

「まぁ、ロザリンドにヴァルキリー使われたら負ける可能性はあるかな……ヴァルキリー無しで、だからね」

補足するディルク。レオールさんは何か考えている。

「勝敗なんて、ゲームでもない限りは基本そうそう決まりませんよ。私はレオールさんをさほど知りませんが、デスクワークや交渉関連はレオールさんが上では？」

「それは、まぁ……」

「幸せも能力も、同じですよ。上には上が、下には下がいます。上を見すぎては卑屈になります。下を見すぎては傲慢《ごうまん》になります。要は、バランス。上を見習えば向上心に繋《つな》がる。下を振り向けば自信に繋がる」

難しいな、どうしたら伝わるかな？

「勝てないと決めつけてしまいながらも、貴方は自分を高める努力をやめなかった。それは確実に貴方の力になります。きちんと自分の努力を認めてください。そうすればもう魔に負けませんよ」

うん、思いこみ大事。今後定期的に魔を抑えてもらうかもだし。

「ありがとうございます、我が主‼」

「ロザリンドはやる気にさせるのが上手《うま》いよね」

「ああ……恋愛以外だとかなりの人たらしだよな」

「『あまりにもしっくりきた！』」

ディルク・ゲータ・兄が話しているのが聞こえました。誰《だれ》が人たらしですか。不本意なので一言だけ言っておきます！

「私がたらしこみたいのはディルクだけです！」

「あ…………うん」

「「「「ごちそうさまでした」」」」

ディルク以外からごちそうさまされました。ディルクは嬉《うれ》しそうにしています。そんなお馬鹿なやりとりをしていたら、悲愴《ひそう》感ただよう連絡がありました。

「ロザリンド様……話は終わりました」

「だ、大丈夫ですか？」

何故人は、大丈夫じゃない時に限って大丈夫？ と聞いてしまうのか。迎えにいったら、ミチュウさんが打ちひしがれてました。ご家族も困っています。

結局、ミチュウさんの仕送りが着服されていて、ミチュウさんはレオールさんがおかしくなっていたのをどうにかするのに手いっぱいだったため、気がつかなかったみたい。

シーダ君もユグドラシルによる影響で生活が苦しくて、ミチュウさんに連絡できなかった……というわけだ。

「畑はうちの元奴隷《どれい》組をよこしますから、シーダ君通いにしない？ 魔法で送迎しますから、学校行こうよ。対価は兄様の研究手伝いでどうかな」

「いいのですか⁉」

ミチュウさんの方が食いついた。ミチュウさんはシーダ君が優秀なのに学校に行けないのを気にやんでいたそうな。

「よろしくお願いいたします」

お母様、土下座はやめてください。ミチュウさんも、土下座はしなくていいです。とりあえず、やめさせました。なんかやたら獣人に土下座されている気がするのはなんでだ。

「俺は……」

迷う様子のシーダ君。背中を押してあげましょう。

「シーダ君、将来つける仕事の選択範囲拡大と給料アップのためですよ。私達は優秀な人材ゲット。互いの利になると思いませんか？」

「……わかった。お願いします」

「交渉成立！」

というわけで、シーダ君はちょくちょくクリスティアに来ることになりました。

◇◇◇

さて、ミチュウさんの仕送りはどこに行ったのか。ウルファネア東部と王都を定期的に往復する商人さんがいるそうで、ミチュウさんはそちらに依頼してたそうな。ちなみに商人さんの所属は……。

「ロザリンドも知っているだろ？　アーコギ商会」

「…………ああ」

大海嘯《だいかいしょう》が起きる前に、ハクの友人である元奴隷達を買い取った所か。あの豚獣人とはあまり話したくないなぁ。ちなみに商人さん自体はいい人だそうで、シーダ君ちを心配しておすそわけしてくれたり、ミチュウさんのことを話してくれたり、チビちゃん達の手紙を無償で届けたりしてくれていたらしい。とりあえず調べよう。乗り掛かった船ですからね。

「ラビーシャちゃんに頼むかな」

「ああ、あいつは泣き叫んでいたから、多分今は親父《おやじ》のとこに居ると思うぞ」

「………何故に?」

「お嬢様が倒れたと聞いて、自分も行くと聞かなくてな。くじで外れたから諦《あきら》めろ、マーサさんも我慢してると言ったんだが」

私はどこにつっこんだら……マーサも来たかったのね。

「何故《なぜ》にくじ?」

「ロザリンド?　我が家にロザリンドが大好きで心配する人間がどれだけいると?　使用人はもちろん、子供達も連れて行ってと泣き叫んでいたよ?　人間どころか魔獣達も悲しげに鳴いたんだよ?　サボテンが青くなって白くなって泣いて萎《しな》びかけたよ?　ユグドラシルも危うく枯れかけたよ?」

「お……おうふ……」

兄は呆《あき》れた様子で説明してくれました。我が家は私が寝こけている間に、大変なことになっていたようです。

帰ったら全力で家族サービスしよう!　予想以上の大惨事でした!　もう土下座……いや、五体

投地か‼

「とりあえず、行ってくる！」

そんなことを考えたが、今はやることがあります！　私は転移の魔法を起動した。

転移先は孤児院です。ラビーシャちゃんいるかな？　入ろうとしたら、泣き叫ぶ声が聞こえた。

「うわあああああん‼　離してよ！　お嬢様、お嬢様のとこにいくぅぅ‼　お嬢様、お嬢様、おじょうざまぁぁぁ‼　うわあああああん‼」

あまりにも悲痛なラビーシャちゃんの叫び。あの、一日経《た》ってもこれ？　え？　大丈夫じゃないですね！　私は固まったがすぐさま扉を開けた。

「ラビーシャちゃん！　心配かけてごめんね！　私は元気です！」

いつも綺麗《きれい》に結われていた髪はボサボサ。泣き腫《な　は》らし、暴れたためか傷だらけ。抱きしめて、すぐに傷を治してあげた。

「おじょう……さま？」

「うん！」

「お……じょ……うわああああん！」

「ええ⁉」

また泣き出した⁉

「助かりましたよ。自力ででもウルファネアに行くと聞かなくて……」

ラビオリさんはもっとボロボロでした。ラビーシャちゃん、とっても強いですものね……ラビーシャちゃんは泣き疲れて寝てしまいました。

「さて、お嬢様のご用件は何でしょうか？」

ウルファネアでの一件をラビオリさんに話した。

「ふむ。でしたら、私とゲータでも大丈夫でしょう。商人の風上にも置けませんね。お任せください。完璧《かんぺき》に調べてみせます。ミケルさん、居ますね」

「にゃあ!?　す、すいません」

気配……というより音で気がついていた様子のラビオリさん。ミケルは盗み聞きして申し訳なさそうです。

「いいんですよ。貴女もお嬢様を心配していましたからね。私は、数日間留守にします。孤児院をお願いします」

「は、はい！　お任せください！」

ミケルはラビオリさんに了承した。というわけでラビオリさんに任せることになりましたが、問題はラビーシャちゃんかな。そんなことを考えていたら、ラビーシャちゃんが起きてきた。

「お嬢様ぁぁ！」

「ぐはっ!?」

勢いよく抱きつくラビーシャちゃん。うん、よしよし。先ほどよりは落ち着いたみたいですね。

「私も行きます！　連れてってください!!」

ラビーシャちゃんは本気でした。お断りできる気がしませんでした。

「ラビーシャ、ならお前も手伝いなさい」

こうして、ミチュウさんの消えた仕送り事件はワルーゼ家に……というか、ラビオリさんとラビーシャちゃんに任せることに。ゲータは一応護衛なので残留です。

◇◇◇

「あー、やっぱりまだ泣いてたか」

「兄さんには関係ないし！」

泣いていたのがバレて恥ずかしいのか頬《ほお》を膨らますラビーシャちゃん。ゲータは苦笑しています。顔は怖いけど、優しいお兄さんなんだよね、ゲータ。

「お嬢様、必ずやお嬢様のお役に立ってみせます！」

ラビーシャちゃんは安心したのか、いつも通りになりました。うん、無理はしないでね。元気になったようでよかったです。

「微力ながら、お手伝いさせていただきます。お嬢様のお望みを叶《かな》えるのは当然です。さらに元商人としても見過ごせません。お任せを」

ん？　ラビオリさん、普段と様子が……？　怒って、らっしゃる？

「ああ、アーコギ終わったな」

「世の中には怒らせちゃいけない人がいるよね。御愁傷様」

んん？　ワルーゼ兄妹《きょうだい》にとって、お父さんは決してキレさせてはいけない存在らしいです。覚えておこう。ラビオリさんとラビーシャちゃんはさっそく情報収集に行きました。


私達はお祖父様の庭園に来ています。

「うわぁ……」

兄がキラキラしています。目が輝いています。

そして、ゲータとトサーケンが遠い目をしています。うん……頑張って。兄はこうなると長いよ！

「兄様、あっちに品種改良したすっごく綺麗な薔薇《ばら》があるんです」

兄の手を引く私。兄も素直についてきます。

「わあぁ……」

兄がキラッキラしています。うん、やはり好きだったたか。

「これは花びらがレースみたい……こっちはグラデーションカラーか！　素晴らしいね！　全体のバランスもいいし、センスもいい！　土と肥料は何を？　庭師さん居ないかなぁ!?」

はい、兄がスーパーハイテンションです。庭師さん、先に謝罪します。すいません。

「ああ……薔薇はわしが世話をしとる。光の薔薇もあるし、亡き妻と娘が愛した場所じゃからの」

「そうなんですか!?　素晴らしいです！　品種改良も貴方が？」

「いや、そっちは次男《ディーゼル》が……」

「次男《ディーゼル》さんにもうかがいたいですが、手入れの仕方なんかもうかがいたいです‼」

兄の目が輝きすぎて、キラキラビームが出そうです。お祖父様も兄の勢いに若干引き気味です。

できる侍従さんが次男《イケニエ》さんを連れてきました。次男さんは剣の才能がなくて学者さんをしているそうです。専攻は植物の品種改良。カモネギです！　鴨《かも》が葱《ねぎ》背負って来ちゃいましたよ！　鴨南蛮おいしいですよね！　今度トライしようかな……。

いやいや、現実から目をそらすな！　逃げちゃだめだ……逃げちゃだめだ……逃げちゃだめだ！

お祖父様は解放されましたが、次は次男が餌食ですね！　兄が申し訳ありません‼


三時間経過……ゲータが辛そうだったのでラビオリさんの手伝いに行かせました。トサーケンも魂抜けそうだから孤児院手伝いに行かせました。尻尾《しっぽ》をふって行きましたよ。現金な奴《やつ》め。

「いやぁ、なかなかみんな話が合わなくて！　ルーベルト君……いや、ルー！　僕らは友達だ！　僕のことはディルでいいよ！　いやぁ、今日はなんていい日なんだ！」

「そうだね、ディル！　僕は本当に感動しているよ！　君に会えて良かった！　こんなにも語り合えたのは初めてだよ！　僕らは親友……いや、心の友で同志だよ‼」

ディーゼルさんはカモネギではなく、兄と同類でした。男達《オタク》は解りあい、響きあった。彼らはもはやあれだ。ソウルメイト的な感じだ。響きあい惹《ひ》かれあってしまった。比較的人見知りな兄が、心を全開にしている。すげー珍しい。

もとから植物研究者なディーゼルさん。脳筋多数なウルファネアではそもそも語り合える仲間など希少で、食べられない花の品種改良など、金持ちの道楽でしかないと見下されていたらしい。

ディーゼルさんは語り合える仲間《オタク》に飢えていたのだ。

そして、兄も魔法院では異色である。魔法植物というより、彼は植物が好きなのだ。魔法至上主義の魔法院とはそもそもそりがあわないのである。兄もまた、語り合える仲間《オタク》に飢えていたのである。

男達《オタク》は、解りあった。


六時間経過。

「予想していましたが、今日は帰れないね。連絡しよう」

予定とは違うが連絡した。両親は『素晴らしい薔薇園』のフレーズに、今日は帰らない……いや、兄が動かなくなって帰れなくなると判断していた。さすがはうちの両親。兄をよく理解している。

「俺、ディーゼルのあんな笑顔初めてみたわ」

「「私も」」

ご家族もドン引いています。兄、ディーゼルさん……今日は好きなだけ語らってください。

兄は……たまにこういうことがあるから私は気にしてない。私に語りだす時もあるが、そういう場合、私は聞き役に徹するので物足りないだろう。たまにこんなのいいなとねだって作ってもらったり、一緒に庭のレイアウト考えたり、珍しい花をプレゼントしたりはしている。しかし、兄の専門知識には全く及ばない。同じレベルで語らえる同志に出会って喜ぶのは仕方ないことである。

何時間経《た》っても……下手《へた》をしたら数日……いや、数ヶ月かもしんない。とにかく、しばらく男達の熱は冷めないだろう。とりあえず、ご飯は無理矢理でも食べさせよう。そう心に決めて厨房《ちゅうぼう》に向かいました。

◇◇◇

厨房ではシェフさんがキラキラしていた。そんな目で見ないでほしい。

夕食はお野菜たっぷり肉団子スープ、食用薔薇を使ったサラダ、メインは持参食材……億千万バッファローのステーキである。付け合わせの人参《にんじん》は花やうさぎにカット。サラダのトマトで薔薇をつくり、大根が切りすぎて薔薇じゃなく葉牡丹《はぼたん》になったけど……まぁいいよね！　綺麗だよ！

いまだに語らう男達《オタク》を強制終了させ、先に戻らせた。光の薔薇の前を通り、立ち止まる。

「なぁに？　アタシに見とれちゃった？」

誇らしげなチタ。そうだね、とても綺麗だ。

「……うん。見とれたよ。チタは記憶がないって言っていたけど、逆に覚えていることはないの？」

「んー、女神様に祝福されたことぐらいかしら。多分、魔をなんとかするために女神様はアタシを祝福したんだと思うけど……」

「女神ってことは、魔術の神様か……」

救世の聖女は技術の神の祝福があったらしい。この屋敷に保管されていた文献からも明らかだ。

この世界には、四柱の神がいるとされている。武術の神・スレングス、魔術の神・ミスティア、知識の神・インジェンス、そして技術の神・シヴァ。ちなみに女神はミスティアのみである。クリスティアは四柱全《すべ》てを祀《まつ》っているが、ウルファネアはスレングスとシヴァ信仰が強いはず。なのに女神の祝福を受けた薔薇はウルファネアに？　なんでだろうと首をかしげた。

考えても解らないこともある。私は早々に思考を放棄して食堂に戻った。メイドさんがサラダを運んでくる。

「わぁ……」

「綺麗……」

「おはにゃだぁ！」

「おはにゃあ！」

「これは薔薇か？」

「食べられる薔薇ですよー」

「そんな種類もあるのか！　ルー、クリスティアでは一般的なのかい？」

「いや、ロザリンドにお願いされて作ったから一般的ではないよ。ただ、最近は貴族の間で流行《はや》っているけど」

「砂糖漬けにしてスイーツに飾ったりするのですよ、こんな感じです」

　ふっふっふ！　今日の大作！　クロカンブッシュです！　クロカンブッシュとは、シュークリームを飴《あめ》やチョコレートなんかで接着して、タワー状にしたもの。一回やってみたかったんだよね。それを砂糖漬けの薔薇と飴細工で飾ってある。

「これは……」

「食べ物なのか？」

「食べ物ですよ。花も食べられます。あーん」

「あまいにょ」

「いいにおいにゃの」

　双子ちゃんに散らした砂糖漬けの薔薇を味見させた。菫《すみれ》もいいですが、兄達が薔薇トークをしていたので、薔薇でいきました。

「素晴らしいね……見た目にも華やかだ」

「そういえば先ほど薔薇に限らず花の品種改良は金持ちの道楽でしかないという話がありましたが、あれは間違いです。ディーゼルさんの薔薇には充分商品としての価値があります。ね、兄様」

「ああ、うちの庭にも植えたいぐらいだ」

「クリスティア貴族には、薔薇を好む方も多いです。クリスティアなら大人気でしょうね。あんな見事な改良種はなかなかありません」

「うちは変わり種が多いからなぁ……薔薇だと香油用とか食用とか。観賞用は最近作ってないね。ウルファネアの食料難対策に野菜の改良を優先していたし」

「野菜？」

「うん。自分で歩いて日当たりのいいとこに行ったり、水や肥料を自分で使える手間のかからない野菜を作ったんだ。クリスティアでは不評だけど、ウルファネアなら受け入れられた」

「画期的じゃないか！　クリスティアではなぜ受け入れられないんだい？」

「なんでだろうね、ロザリンド」

不思議そうな兄とディーゼルさん。多分この件については兄と解りあえる気がしません。そしてやはり、獣人はその辺りを気にしないらしい。むしろなんでだ。

「気持ち的な問題だと思われます。私には、あんな健気《けなげ》なお野菜さんを食べるなんて……」

「そういえば、野菜の品種改良はしないんですか？」

「いや、そもそもウルファネアで品種改良の発想自体がないんじゃないかな？　ウルファネアじゃ畑仕事は子供がするものだから」

「じゃあ、共同開発してみない？　丁度ウルファネアで野菜の研究する予定があるんだよ。どうかな？」

「こちらが研究概要になります。写しですので、どうぞ」

私はすかさず研究資料をディーゼルさんに渡した。シーダ君に渡したのと大体同じ内容だ。かなり分厚い資料だが、ディーゼルさんはあっという間に読みきった。めちゃくちゃキラキラしている。

「是非やらせてくれ！　今日は泊まりだろう？　僕の部屋で今後の計画について語り合おうじゃないか！」

「うん！　楽しみだなぁ」

　そのまま部屋に直行して植物トークしかねない二人に釘《くぎ》をさした。

「とりあえず、食事はちゃんと摂ってください。兄様達に喜んでもらおうと頑張って作ったんですよ？　わざわざ薔薇モチーフ縛りにしたんですから、ちゃんと食べてください。お話しないでとは言いませんけど、食事はきちんと食べてくださいね」

「……いい妹さんだよね」

「うん。ちょっと、だいぶ……かなり……相当おてんば……規格外だけど、可愛《かわい》い自慢の妹だよ」

　兄よ、それ誉めてんの？　落としてない？　おてんばから規格外にしたのは、なんか意味が……まぁ……うん。一応オブラートに包もうよ！

　幸い、ディーゼルさんはそこをツッコみませんでした。

「いやあ、羨《うらや》ましいよ。うちの兄弟は全く僕の研究に興味がないし、特に姉達は乱暴で凶暴だし、がさつだし、料理なんてできないんじゃ……」

　ディーゼルさん、うしろうしろ！　あ、あばばばば！

「「ごめんなさいね？」」

　こ、こわぁぁぁい！　言葉は謝罪しているけど、殺気が駄々洩《も》れ！　目が全く笑ってないですよ、お姉様達ぃぃ⁉

「ひぃっ⁉」

　がっしりとお姉様二人に捕獲されるディーゼルさん。あわわ、これはヤバい！

な、何か気をそらすモノ！

「ダメですよ！　これから、激ウマステーキを焼くんだから！　温かいうちに食べなきゃ損です！

我が家でもたまにしか食べられない、超高級食材ですよ！」

「あらまぁ」

「……命拾いしたわね、ディーゼル」

良かった、解放された！　すばやく焼いてきた激ウマステーキに、皆さん幸せそうです。

「うめぇぇぇ‼」

「はむはむはむはむ」

「もぐもぐもぐもぐ」

「おいしい……」

皆さん、ステーキの虜《とりこ》ですね。うむうむ。美味《おい》しそうに食べてくれて私も嬉《うれ》しいです。

「美味しいよ、ロザリンド」

「ディルクが喜んでくれるなら嬉しいです。ちょっと多いからお肉食べて？　あーん」

「あーん……美味しい」

はにかむディルク……はうぅ、ごちそうさまです！　この笑顔を見るために、私はウザすぎる程の愛情を詰めこんでご飯を作るんです！　至福の時ですね！

「ラブラブねぇ」

「ああん、若いっていいわねぇ」

「ラブラブ……だな」

「いやぁ、いいねぇ」

「ひ孫にも早く会えそうじゃのう」

大人達に冷やかされました！　人目を気にしてなかった！　なんという失態か！

私はデザートを出してきて誤魔化《ごまか》しました。クロカンブッシュの飴細工が大好評で、薄い網状のパリパリをちみっこが一心不乱に食べてました。

そんな感じで、楽しい夕食はすぎていきました。

◇◇◇

兄達がきちんと寝るかが心配でしたが、まぁ一日ぐらいなら大丈夫かなと気にしないことにしました。明日も泊まると言い出したら、強制送還か見張り《ゲータ》をつけるか選ばせよう。

私はディルクと客室でくつろいでいたのですが、愛しのマイダーリンの素敵なお耳と尻尾《しっぽ》がしんなりしています。

「……ディルク？」

そういえば、夕飯でも口数が少なかった。何か落ち込んでいる？

「ロザリンドは、俺が怖くないの？」

「怖がっているのはディルクでしょ？」

かつて、よく似た会話をした。私がディルクを怖がるなんてありえない。

「あ、怒られたらちょっと怖いかも。でも、怒らせた私が悪いから仕方ないよね」

「……本当に？」

ディルクが壊れ物を扱うみたいに柔らかく両頬に触れてきた。私はディルクの両手にすり寄って甘える。

「うん。急にどうしたの？」

「……黒は魔の色だから」

「うん？」

「俺がクリスティアで獣人にも嫌われたのは、きっとこの髪のせいもあるんだ」

「……ディルクさんや」

「うん」

「凛《りん》は黒髪黒目だけど怖い？」

「…………怖くない」

「よかった。ちょっとディルクの気持ちがわかったよ。ディルクに怖がられたら悲しいもの」

へらりと笑いかける。だけどディルクはまだ納得してないみたいだね。私からディルクに触れた。ちゃっかり耳をモフる。どうしたのだろうと首をかしげていたら、ディルクが話し出した。

「……魔を操った時、魔は多分俺達に近いと思った。だから操れるんだと思う」

「うん」

「ロザリンドの役に立てて良かったけど……同時に怖くなった。魔と近いなんて、気持ち悪くないかなって」

「ディルクはディルクです。たとえディルクが魔だとしても、私が幸せにしますから大丈夫！」

「うん……ありがとう」

ようやく安心したらしく、私に甘えるようにすり寄るディルク。

「ディルク、ばんざい」

「え？　うん………ロザリンド」

「はい」

「何してるの？」

「縛っています」

ディルクはベッドのヘッドボードに両手をくくりつけられ、ちょうどバンザイの姿勢です。

「……なんで俺は縛られているの？」

「え？　私がディルクを怖がるんじゃと不安だったみたいたから、私がどれっだけディルクが大好きか身体《からだ》に教えてあげようと思いました」

「………え」

私はにっこりと、とどめをさした。

「またの名を、愛のこもったお仕置きと言います。私のディルクへの気持ちを疑うなんて……全力でお仕置きされても仕方ないよね！　覚悟してね、ダーリン」

「手加減してね、ハニー」

私は首を振った。いえ、手加減しません。

「私の愛の重さを知るがいいです。私以外のところにお婿に行けなくしてあげます」

「は？　な、何する気⁉　いやあああああ⁉」

まぁ一言で言いますと、ディルクの身体を弄《もてあそ》びました。モフ的な意味で。ディルクはまだ悶《もだ》えておりますす。ええ、にゃあにゃあ言わせましたよ。容赦なく、普段嫌がる尻尾まで念入りにモフりまくりました。

「うう……ロザリンドのとこ以外、お婿に行けない……」

ディルクはいまだに悶えています。真《ま》っ赤《か》です。モフゴチになりました！　楽しかったです！

「ちゃんと責任は取りますよ？」

「うん……でも、責任なんか無くたってお嫁に来てくれるんだよね？」

「はい。わかってくれました？」

「……うん」

はにかむディルクに胸がキュンとしました。そして、お互い寄り添って眠りにつきました。

私達は、なんというか学習しませんでした。朝起こしにきたできる侍従さんが真っ赤になっておりました。匂《にお》い対策、すっかり忘れてた！

朝から自業自得でいたたまれなくなる私達なのでした。

◇◇◇

朝、魔法で消臭しましたが、今度は余分に匂いが消えてしまって……消臭しなきゃいけないナニかをしたの？　きゃあ！　若さねぇ！　と盛り上がってしまいました。逃げ場はなかったよ……！

今朝《けさ》はパンケーキとサラダとフルーツ。ソーセージに、スクランブルエッグです。パンケーキにチョコソースでお絵かきしようとしたら、双子ちゃんからリクエストがありました。

「ろっざりんどがいいにょお！」

「ろっざりんどかっこいいにょお！」

かっこいいろっざりんど？　私なわけはない……ヴァルキリーか！

「あれはヴァルキリーだよ」

「ばる……？」

「ばるりりー？」

「ロッザリンドォォ！」

指輪が勝手にミニヴァルキリーになりました。

「ろっざりんどにゃの！」

「ろっざりんどぉぉ！」

「誤解を拡大すんな！　ちゃんと名乗りなさい！」

「コンニチハ、ヴァルキリーデス」

「え……あれ喋《しゃべ》るの⁉」

喋ります。昨日《きのう》いなかったフィーディアさん達がびっくりしています。いや、ミニヴァルキリーにみんなびっくりしているな。

「なんで勝手に出てきたわけ？」

今までそんなことはなかったし、そもそも可能だということ自体知らなかった。

「コドモタチト、マタオハナシガシタカッタノデス。キノウ、マリョクヲタクサンモラッタカラ、アマリヲツカイマシタ」

「にゃあ！　おしゃべりするにゃあ！」

「にゃあ！　うれしいにゃあ！」

「ダメデスカ？」

うるうると双子ちゃんに見つめられ、ヴァルキリーはしょんぼりです。

「ご飯を食べてから！」

「「あい！」」

食後双子ちゃんはヴァルキリーと仲良く遊びだしました。

あれ？　兄とディーゼルさん食堂にいない？

「あの、うちの兄とディーゼルさんが居ないようですが……」

「ああ……すまんのう。ディーゼルと研究する予定の畑に行くと明け方から出かけておる。止められなんだ」

「おうふ……兄が申し訳ございません」

「いや、兄君はまだ子供じゃから仕方ないが……あのバカたれが……」

互いにため息しかでませんが、研究バカは単体だけならまぁ……まだなんとかできますが、群れるとかけ算でとんでもないことをしでかす場合があります。

「ディルク、私達も行くよ！」

「うん！」

ちみっこ達には申し訳ないが、何があるかわからないのでヴァルキリーも回収しました。ごめんね！


そして、現場はカオスでした。

「ロザリンド……」

「どうしよう……いや、どうしてこうなった⁉　だ、誰か説明プリーズ！」

私達はシーダ君の畑に転移した……はずだが、そこはジャングルでした。

しかも、襲い来る……………………お野菜。

「エンドウマメガトリング！」

「え⁉」

兄のくれた鈴蘭《すずらん》ブレスレット型魔具が作動した。これ、それだけヤバい攻撃ってこと？

「ディルク！」

「後ろは任せたよ！」

ディルクと背中合わせになりつつ、襲撃するお野菜を倒していく。下手《へた》な魔物より強い！　魔物と違い弱点とか対処法が解らないから余計面倒だ！

しかも腹立つことにバラエティー豊かである。地味に嫌がらせ的なトマト投げ攻撃から、これはヤバい！　という威力の豆鉄砲まで。

「ラチがあかないから、ヴァルキリー使うよ！　ディルク、集中するから！」

「時間稼ぎは任せて！」

ディルクが獣化して私をかつぐ。ディルクは絶対私に怪我《けが》をさせない。私は指輪に魔力をこめてヴァルキリーに変化させた。

「ロッザリンドォォ‼」

「だからもうそれはいいったら！」

ヴァルキリーでジャングルと化した畑から脱出しました。畑の中心部に昔のゴ○ラでみた薔薇《ばら》の化け物に似たやつがいる。え？　乙女ゲームからロボットアクションにジャンルチェンジ⁉

そんなアホなことを考えていたら、さすがにヴァルキリーに気がついたようで、満面の笑みを浮かべた兄とディーゼルさんとラビオリさんが声をかけてきました。対照的に顔色が悪いシーダ君、ミチユウさん、ゲータ、ラビーシャちゃんも発見。

あの、本当に何が起きているの？

「ぎゃあああああ！」

「悪かったから許してくださぁぁぁい‼」

「え？」

野太い悲鳴が聞こえたよ？　しかもなんか若干聞き覚えがあるような、ないような？

「ら、ラビオリさん？」

とりあえず、年長者に問いかけました。ラビオリさんは……穏やかな菩薩《ぼさつ》のごとき表情でした。

「お嬢様、キチンと調べましたよ」

手渡された資料が超分厚いのですが？　とりあえず目を通す。

「まぁ、うん。シーダ君の他にも多数被害者が居たわけですね？」

「はい。許せませんよね。しかも被害者は、出稼ぎにでた家族に確認できないような生活に困っている人ばかりですよ？　元商人として……いえ、獣人としても到底容認できません」

「そ、そうですね」

うわぁい、ラビオリさんの周囲だけなんか気温下がってないかな？　ゲータとラビーシャちゃんが……怯《おび》えていますよ！

「お嬢様、あれらの調きょ……躾《しつけ》は私に任せていただけませんか？　とりあえず精神的・肉体的に痛めつけて二度とこのような卑劣なことができないように洗の……教育いたします。当然被害者への賠償まで面倒を見ますよ」

うん、物騒な単語が多々ありましたが、ラビオリさんは予想外にできるお方だったようです。

「お、お任せします」

「ありがとうございます」

　タイミングいいのか悪いのか、見覚えある豚獣人が畑から放り出されました。関与者なのか、見覚えがない獣人も居ます。

「シーダさん、ミチュウさん、必ず盗られた金額の倍額を支払わせますからね」

「ああ……」

「ほ、ほどほどにな？」

　ドン引きしている常識人の鼠獣人兄弟。ラビオリさんはスイッチが入るとああなるそうだ。放っておいても大丈夫とワルーゼ兄妹が言うので、まぁ大丈夫……なのだと思います。獣人二人を引きずっていくラビオリさん。ワイルドでした。

「倍額なんて横暴だ！」

　と叫ぶ豚獣人。ラビオリさんは柔らかく微笑《ほほえ》んだが、目が……全く笑ってない！　あの豚、地雷踏みぬいたな！

「横暴？　では出るとこに出ますか？　いいんですよう、この証拠を提出して、アーコギを処刑しても。でもそうしたら被害者への賠償が被害額のみだし、支払いに時間がかかる。選びますか？　服従か、死か」

　うっわぁ……究極の二択だね！　もちろん豚さんは前者を選びました。普段温厚な人は、決して怒らせたらいけません。

「あれ？　ゲータの件では……」

かよわく見えたラビオリさん。あれは……演技？

「…………パニクってただけ。あのあと…………ああなった」

「私も…………状況把握しながら黙っていたから……」

何があった。ワルーゼ兄妹がガクブルです。よくわかりました。ラビオリさんは決して、怒らせたり敵に回したらいけません！

ラビオリさんが去り、私はもう一方の問題を確認しました。聞きたくないが、仕方ない。

「………この畑は？」

「うん、それがね！　ディルと話し合って改良したんだ！　スゴいでしょ！」

「ああ、ついでに魔物も野菜泥棒も倒せる画期的作物だよ！　殺さず抵抗できなくなるまでなぶり、敷地の外に捨てるんだ！　さっきの獣人達も、ボロボロだけど生きていただろう！」

いや、まぁ……どこからツッコミしたらいいの？

「お野菜に戦闘力は求めていません！」

「いやいや、ここは町外れだし、いい魔物避《よ》けになるよ！　美味《おい》しくて強い！　素晴らしいお野菜だよ！」

「ああ！　いい仕事をしたね！」

くっ！　確かに理にかなっていなくはない……いや待て！　重大な欠陥がある！

「迷いこんだだけの無害な人間まで襲いましたよ⁉」

「うん、そこが改善すべき点なんだよね」

「泥棒も武装してるとは限らないし、野菜にどう認識させるかが課題だね」

いや、実用化するならそこ大事でしょ⁉　近所の人にも襲いかかったらどうすんだ！　私はオタク二人を叱《しか》ろうとしたが、シーダ君に話しかけられてできなかった。

「ロザリンド、俺の雇い主はお前だよな？　ルーベルトじゃない」

「はい？　あ、はい。私名義ですし、私が出資していますから、そうですね」

「よし。で、この畑の惨状はロザリンド……雇い主の望むところではない」

「はい。その通りです」

「それが解れば充分だ。ゴルァァァ、ルーベルト！　ふっざけんな‼　うちの畑をジャングルにするんじゃねーよ‼　こんな物騒極まりない畑を管理できるわけねぇだろうが‼　凡人に無茶ぶりすんじゃねぇぇ‼　俺は契約外の仕事はしない！　今すぐ撤収しねぇなら、緑の手も使わねぇし、力も二度と貸さねぇぞ‼」

「「すいませんでした」」

稀有《けう》な天啓・緑の手をもつシーダ君は、見事暴走する植物オタクを操縦し、畑をもと通りにさせたのでした。

「シーダ君、素晴らしい手腕でした」

「ああ……まぁ、伊達《だて》に弟妹の面倒みてねぇよ」

「シーダ君、これで私は心置きなく兄を放置できます」

「は？」

「シーダ君なら天啓を楯《たて》に、あの暴走する植物オタク達を上手《うま》いこと操縦できます！　二～三日で迎えに来ますから、お願いします‼」

「さりげなく押し付けんな！　絶対い・や・だ‼」

「報酬額、二倍」

「…………………二日」

「かしこまりました。ちなみに、今後あれらの暴走をどうにかした場合は臨時ボーナスを出します。私では多分どうにもできません」

「……そうしてくれ。どうせ天啓があるから、巻き添えは避けらんねぇだろうからな」

私は暴走する植物オタクに対するシーダ君という切り札をゲットしたのでした。そして、心置きなく兄とゲータを置いてクリスティアに帰還しました。帰る前に双子ちゃんが超泣きましたが、また来る約束をしたら泣き止《や》んでくれました。次来るときは、ちみっこをもっとモフりたいと思いつつ、夏休み最初のお出掛けは幕を閉じたのでした。

エピローグ　帰宅とお土産

転移して帰宅した私。なんだか三泊しただけなのに、濃い日程だったなぁ。玄関をくぐると、みんなが駆け寄って来ました。

「ぐは⁉」

いや、駆け寄ってラリアットかという勢いでジェンドに抱きつかれました。ディルクがすばやくジェンドをはがしてマーサに私をパスしました。

マーサの抱擁はたまに加減がおかしいのですが、今日は大丈夫でした。私を抱きしめるマーサの手が震えている。私はマーサを抱き返しました。

「お姉ちゃん無事⁉」

「お嬢様、よくご無事で……」

「お嬢様、心配いたしました」

「お姉ちゃん……よかった」

「お嬢様、無茶すんなよ」

「お姉ちゃん、元気だぁ」

一日経《た》って……というかラビオリさんの豹変《ひょうへん》やら畑がジャングル事件ですっかり忘れてましたが、

私ぶっ倒れてみんなに心配かけたんでした。

「ただいま」

『お帰りなさい』

みんなの笑顔を見ると、帰ってきたと思いますね。珍しく神妙な表情をしたジェラルディンさんが話しかけてきました。

「主《あるじ》、大海嘯《だいかいしょう》での命令を覚えているか？」

「うん？　うん」

「主、貴女《あなた》が死ねばここにいるみんなが不幸になる。どれほど無様になろうとも、自分を惜しんでくれ。ここにいるみんなが貴女を思っているのを、忘れないでくれ」

「……はい。ごめんなさい」

「主、俺は何があろうと貴女の味方だ。俺を使ってくれ」

私に礼をとるジェラルディンさんの手に触れた。

「使いません」

「主……」

あ、耳と尻尾《しっぽ》がしんなりした。最後まで聞きなさい。

「ジェラルディンさんは道具じゃない。頼ったり、お願いや協力を頼みはしますが、使いません」

「ああ、わかった」

お耳がピンとして、尻尾がご機嫌に揺れていますね。わかりやすい。

「今回のことは、みんなに聞いてほしいのです」

私はみんなに今回の顛末《てんまつ》を話した。そして『魔』についての情報を集めてほしいとお願いしました。

「ふむ、任せろ」

「うふふ、頑張るわ」

「うむ、いくつか助けた国もある。役に立てそうだな」

「このマーサ、お嬢様のお望みとあらば……必ずや叶《かな》えて差し上げます！」

「あー、まぁ、仕事の合間に調べとくわ」

詳しい分担は後日となりました。子供達は留学まで視野に入れていましたが、人生かけてまではしなくてよろしい！

さらにその日のうちに信頼できる人達……アルディン様達やミルフィにも話をしておきました。クリスティア王族は留学するしきたりがあり、アルディン様とアルフィージ様は元から留学予定なので、快諾。ミルフィも飛び級で浮いたぶん留学予定だったそうで協力を約束してくれた。

ミス・バタフライにもお願いしました。私も儲《もう》けさせて貰《もら》っているからいいわよ、とウインクしてくれました。最近はかなり手広く商売しているそうで、仕入れついでに調べてくれるそうです。

さて、落ち着いたところでお土産タイムですよ！　目玉はやはり変形するヴァルキリーですね。

「うわぁぁ……」

「かっこいい！」

「…………………（キラキラ）」

「ふむ、なかなか面白いな」

ジェンド、ポッチ、ネックス、オルドはヴァルキリーに夢中です。変形させたりいじってます。

「ふっふっふ……見よ！　ロケットパーンチ！」

『おお～‼』

さすがに全部は無理でしたが、我が家の男の子達の分は改造して腕のスイッチでロケットパンチが可能です。男の子達は目をキラッキキラさせています。

「すごいね」

「今時のオモチャってのはすげーな」

「主、俺も欲しいのだが」

「ち、父上⁉　いくら欲しくても主にねだるなんていけません！　しかも子供達のためのおもちゃですよ⁉　いくら精巧にできてて興味があってもダメですよ！」

ディルクはロケットパンチに興味津々。父とアークは精巧なヴァルキリーフィギュアに感心しています。ジェラルディンさんは欲しいのか。そして、ジャッシュも欲しいのね。元から（改造失敗も考えて）余分に買ってあったので数に問題はない。

「余分に買ってあるからかまわないよ。私が改造してないからロケットパンチはできないよ。それでよければあげる。ジャッシュもいる？」

「主、ありがとう」

ジェラルディンさんは嬉《うれ》しそう。尻尾がブンブン揺れています。

「ほ…………欲しいです」

ジャッシュは素直に欲しがったのであげました。嬉しそうでした。結局父とアークにもねだられました。男の人っていくつになってもこういうのが好きですよね。

「にゃははははは！」

マリーは聖女変身セットが気に入ったらしく、走り回っています。マリーは女の子なんだけど、マリーだから仕方ないですね。

母は額縁を喜んでくれました。マーサにはショール。ウルファネアならではの繊細な編み方で、マーサに似合いそうなのがあったのでプレゼントしました。

「うっ……家宝にいたします」

「使って」

泣かれました。そんなにか。喜んでくれたんだよね？　マーサに似合うと思ったんだよと言ったら、幸せそうにショールを眺めていました。試しに肩にかけてみたら、思った通りよく似合っていました。誉めると頬《ほお》を染めるマーサ。可愛《かわい》いです。

マーニャには暗器のセット。何故か露店で売っていて、かなりいい品だったので買いました。

「さっすがお嬢様！」

気に入ったのはいいけど、ここで試し投げしようとしてマーサに絞められておりました。うん、仕方ない。ここで試すんじゃない。

ダンにはウルファネアで仕入れた調味料セットと包丁。トムじいさんには新しい苗と農具。職人気質な二人は、喜んでそそくさと試しにいきました。

お土産はみんなが満足してくれたようで、私も嬉しいです。あ、あとでディルクと男性陣にロケットパンチ改造をねだられたのでしてあげました。

アルディン様にもあげたら、アルフィージ様にもねだられました。そしたら、陛下が後日こっそりねだりに来ました。いや、取り寄せたらどうですかね？　まぁ、あげたけども。

みんな好きですね、ヴァルキリーフィギュア！　これは、流行《はや》るかも……と思いました。

◇◇◇

精霊さん達にいつもの自己紹介をしてもらおうと思いましたが、私はミニサイズのモフモフやスベスベやひんやりに囲まれています。

肩にもふ丸、お膝《ひざ》にスノータイガーの白雪君（仔猫《こねこ》サイズ）、カミナリトカゲの上村《かみむら》君、パラライズスネイクの真昼さん、ウォータースパイダーの水月さん、クリスタルラビットの栗栖《くるす》君、ウィンドホークの北条君が私のそばを離れません。べったりです。

「みんな、どうしたの？」

「アルジ、シンパイシテル」

「おうふ」

魔獣さん達は私と契約した結果私の異変を察知してしまったらしく……心配しているらしい。

「心配させてごめんね」

それぞれ、そっと抱きしめた。しばらくしたら満足したらしく、離れてくれました。

「ん？」

行列のできる店のラーメン……ならぬロザリンド。なぜだ。なぜみんな並ぶんだ。おい、聖獣様と闇様もか⁉　前にもあったよ、このパターン‼

私のお膝にスリスリしているもふ丸が言いました。

「ミナ、アルジニモフラレタイ。メデラレタイ」

「おうふ……そうか」

これもある意味ハーレム？　私、幸せです！　全員まとめて可愛がってくれるわ、可愛い奴らめ！　結局三周してやっと満足してくれたようです。なかなかかまってあげられなくてごめんね！

さて、ようやく精霊さんの自己紹介タイムですよ。みんなが何の精霊かと名前をチタに伝える。

「アタシはチタ。緑と聖属性の精霊よ。本体は光の薔薇《ばら》と呼ばれているわ。女神の寵愛《ちょうあい》をうけた聖なる薔薇よ」

「チタ……女の子？」

アリサが首をかしげた。うん、そこは私も気になる。なんとなく聞きそびれていたんだよね。

「男よ」

しん、と場が静まった。

「また変わった奴か」

スイの反応に、チタは当然言い返した。

「変わった奴って何よ⁉　似合うからこの恰好《かっこう》なのよ！」

「ああ……」

納得な私。確かに似合う。中性的な顔立ちしてるからカッコいい恰好も似合いそうだな。

「ねぇ、チタ。こんなのは？　フリルつけて、リボンをこう……」

私は鞄《かばん》から紙とペンを取りだし、サラサラと紙にドレッシーな貴族のお坊ちゃんスタイルのデザインを描いていく。

「ふぅん……悪くないわね。これなら着てあげてもいいわよ」

「よっしゃ！」

さっそく作りました！　裁縫の腕が最近上がった気がします！　でき上がりは相変わらず血まみれですがね。何故《なぜ》だ……何故刺さる⁉　浄化で血を消し、チタに渡した。パッと姿が変わる。

「おお！　チタ似合う！　カッコいいよ」

「ま、まぁまぁだな」

あや？　見た目が変わったらチタが男らしくなりました。チタいわく、見た目にそぐわないと違和感があるからだそうです。まぁ、確かにそうかな？

「ママ……アリサには？」

「うん？」

愛娘《まなむすめ》がキラキラした期待に満ちた瞳《ひとみ》で私を見ています。

「ロザリンド、チタだけとか言わないよね？」

「……イイマセンヨ」

にっこり笑って圧力をかけてくるスイについ片言になる私。あ、よく見たらみんな期待に満ちた目をしています！　全員分新しい服を作る約束をしました。ん？　全員？

「ゴラちゃん……私が作った服を着るの？」

「ウム。キル」

「わかりました！　頑張って作ります！　ちゃんと着てくださいね！」

「マイニチキル」

ゴラちゃんは宣言通り毎日着てくれました。あれだけ言っても着なかったのに……解せぬ。

たまたまチタに話したら、呆《あき》れられました。

「精霊は、加護を与えた相手を溺愛《できあい》してんだよ。大事な相手《ロザリンド》の手づくりなら、本来服を着ない精霊だろうと、喜んで着るだろうよ」

「つまり、チタも私が大好きなんですね？」

「な、ば、バーカ！　違うからな！」

チタは真《ま》っ赤《か》になって私を罵倒《ばとう》しながら逃げました。私の精霊、ツンデレですね。可愛いなぁ。

そして、私は意外とゴラちゃんに愛されていたようです。ゴラちゃんは以降ちゃんと服を着るようになりました。私が作ったやつ限定だけども。

逆に着たがらなかったのがハク。

「えへへぇ」

「ハク、着ないの？」

「うん、こんないい服ぅ、もったいなくてぇ。しばらく飾って眺めるよぅ。農作業で汚したら悲しいしぃ」

「着なさい！　なんなら作業着も作ってあげるから着なさい！　服は着るものです！」

説得しました。ト○ロにオーバーオールは似合っていました。

意外だったのは闇様。闇様はローブ的なズルズルした服だったので、たまに踏んでこけたりしていたから下はズボンにしたのですが……上下にぐるぐるさせていたのでどうしたの？　と聞いたら、着方がわかんなかったらしい。

『いい年をして嘆かわしい』

アラブ系民族衣装風の服は威厳漂う聖獣様（獣人形態）によく似合っています。

「し、仕方ないだろう！　我は服などもらったことがないのだ！」

聖獣様は呆れたご様子でしたが、ちゃんと着方を教えてあげていました。なんだかんだで聖獣様は面倒見がいいと思います。

特別編　ある日のウルファネア王城《ジュティエス視点》

爽《さわ》やかな朝は、いつも破壊音から始まる。

毎朝毎朝毎朝、早朝からいいかげんにしろと怒鳴りたくなる。侍従に手伝われ、手早く着替えると、いつもの台詞《せりふ》を叫んで部屋から飛び出した。

「縄を持て‼　国王を捕縛するぞ‼」

「ジュティエス様がお目覚めになられた！」

「今朝《けさ》こそは、お目覚めの前に捕縛したかったのに！」

俺としても起きる前に捕まえておいてくれればありがたいが、あれでもやはり強き獣人族の頂点であるウルファネアの国王。捕獲は非常に困難だ。

「ジュティエス様、目標を発見いたしました！　武器調達のために、武器庫へ侵入したようです！」

「……よく見つけたな」

最近、やたらと発見の速度が上がっているような気がする。走りながら騎士団長の報告を聞く。

「はっ！　実は、肉の聖女様の兄君による罠《わな》が城内に設置されております。聖女様いわく『脳筋には、わかりにくい罠が有効』だそうです！　なので陛下の背中にへばりついたへちまトラップが行き先をへちま水で教えてくれております。王は罠で盛大にへちま水を被《かぶ》ったので、背中にへばりついたままのへちまには気がつかぬでしょうな。へちま水で床を濡《ぬ》らせば居場所がばれると着替えたようですが、無駄無駄無駄ああああ!! 無駄ですぞおおおお!!」

毎朝の追いかけっこでストレスがたまっているのか、騎士団長の目は血走っていた。

「流石《さすが》は我が主……」

とりあえずクリスティアの方を拝み、父である国王を無事に捕獲した。

へちまは、こぼれたへちま水を綺麗《きれい》に吸収して掃除してから去っていった。我が主が派遣しただけに、よくできたへちまである。


そんなわけで、執務室で仕事をすることになった。

「……ジェスや」

「……兄上、誤字を書き直してください」

「おーい、ジェスぅ」

「…………兄上、よそ見をしないで手を動かす!」

「! すまない」

次兄であるジューダスは素直に政務をしてくれるのだが、あまり集中力がない。少し気を抜くと、外を眺めていたり居眠りをしている。ちゃんと仕事をしてくれ。

逃げないだけ、父よりは大分ましだけども。

執務室の椅子に手だけ使えるようにして縛り付けた父を無視していたが、ちっとも進んでいないので諫《いさ》めることにした。

「父上、働かざる者食うべからず、ということわざをご存知ですか？」

「働きます！」

知っていたらしく、慌てて書類をやり始めた。話が早くて助かる。しかし、やり始めたからといって油断はできない。注意が必要だ。書類は、やればいいというモノではないのだから。

「父上、誤字脱字があまりにも酷《ひど》いものはやり直しです。あまりにも読めない字も同じ。乱雑にやれば、わかりますからね？」

「ジェスよ……最近おぬし、わしに厳しくないか？」

今までは正直自分の仕事に手一杯だったから、他者の仕事までチェックできていなかっただけだ。政務の大半は俺に来ていた。まともにできるのは俺だけだったからだ。父も体調を崩していたので、多少手加減していたせいもあるだろう。

「そんなわけないでしょう？　我が主から、絶品焼き菓子を貰《もら》っています。父上が時間内に、ミスなく仕事を終わらせたなら……分けてあげますよ？　本当なら、私が独り占めしたいぐらいです」

「さあ、ジャンジャン持って来ぉぉい‼」

単純な父はやる気になった。やればできなくはないのだが、やる気にさせるまでが大変だ。我が主に再び感謝を捧《ささ》げた。

「ジュティエス……いつもすまないな。私がもっとしっかりしていれば……」

「……兄上。これから、たくさん色んなことができます。俺を気遣ってくれる優しい兄上は、きっとよき王となります」

「……ありがとう」

次兄が執務室に来られるようになったのも、我が主のおかげ！　再び感謝を捧げた。

さて、父の集中力も限界のようだし、そろそろ休憩を……と思ったら兄上が寝ながら書類を書いていた。手元は……綺麗な字できちんと処理されている。

「……!?」

兄上が目を開きこちらを見て震え……意識を失って机に頭をぶつけてしまった。

「兄上!?」

「い、痛い………魔が出ていたようだが……大丈夫か？」

「………なんでか、普通に書類仕事をしてくれていました」

兄を苦しめた諸悪の根元なのだが……きまぐれだろうか？　とりあえず、仕事をきちんとこなしてくれたのでありがたい。とはいえ、兄から出ていってほしいのは変わらないけれど。

「休憩にしましょうか」

お茶を用意してもらい、焼き菓子をほおばる。焼き菓子はウルファネアの伝統的な菓子で、優しい味だった。

「……手紙？」

焼き菓子の中に、カードを見つけた。そこには名前もなく、短いメッセージが綴《つづ》られていた。

『僕は今、幸せに暮らしています』

不覚にも、涙がこぼれた。助けてやれなかった、ジャスパー。憐《あわ》れな甥《おい》。いや、今はジャッシュと名を改めたと聞いた。そうか、幸せなのか。幸せになってくれたのか……！

「ジュティエス？」

「兄上、これを」

この人も、口には出さないけど……ずっと悔いていたから、教えてあげたい。

「これ、は……」

兄上の目から、涙がこぼれた。察してくれたのだろう。魔に操られた兄上が、ジャスパーに呪いをかけ汚れ仕事をさせた罪が消えるわけではない。だが、せめて俺だけでも兄上を許してやりたい。兄上が静かに壊れていくのを止められなかった、俺の責任でもあるのだから。

「ジェスよ、焼き菓子のおかわりはないのか？」

「頼むから空気読め‼」

とりあえず父上をぶん殴った。そして、追加を適当に頼んだが……不覚にも父の空気を読まぬ発言のおかげで、湿っぽい空気はなくなっていた。計算ではないと思うが、こういうところも強さだけでなく慕われるところなのだと思う。

昼食後、トイレに行った父が逃亡した。

「国王捕獲部隊！」

『はっ！』

毎日毎日飽きもせず逃亡するものだから、騎士の中でも腕利きで探索と捕縛が得意な者を集めて特殊部隊を作った。毎日父の捕獲に勤《いそ》しんでいる。

「兄上、俺も行きます」

「ああ、私は仕事を頑張るよ」

父上に兄上の爪の垢《あか》でも煎《せん》じて飲ませたい。俺は、本気でそう思った。


「いました！　しかし、近づけません‼」

父は、何故か王都郊外の畑でツタによりぐるぐる巻きになっていた。どうやったらあれほど絡まるのだろうか。近づけない、の意味はすぐにわかった。あのツタに絡まったのではなく、捕まったからなのだろう。

父はともかく、騎士もツタに捕まってしまった。あれではドラゴンに変身してブレスで焼き払うこともできない。しかも、ツタの先にはでかい……瓜《うり》みたいな形の実がありでかい口がついている。まさか、食われる⁉　困惑し、思案していたら鼠《ねずみ》獣人の子供達がやって来た。

「ルー！　また変な植物を植えやがったな⁉」

「違うよ、シーダ！　これはウツボカズラの変異種さ！　自分で獲物を捕らえて養分にするんだよ」

「なお悪いわ！　人んちの畑に、そんな物騒なヤツ生やすなよ‼」

よく見れば、鼠獣人の子供たちの中に我が主の兄君であるルーベルト殿もいた。なるほど、あれはルーベルト殿の仕業だったたか。隣にいる同年代の少年は友人だろうか？　おそらく鼠獣人だが、何やら激怒しているようだ。

「おい、お前！　その人達を放せ！」

「ギィイ……」

意外にも魔物はモジモジしながら父上と騎士達を解放した。すかさず捕縛した騎士には後で報奨をやらないとな。

「………あの……」

「ん？」

「すいませんっしたあ‼」

鼠獣人の少年がルーベルト殿の頭を掴《つか》んで無理矢理下げさせつつ、共に頭を下げた。

「うん？」

「すいません、俺の監督不行き届きで、貴族様や騎士様を危険な目にあわせてしまいました！　二度とこのようなことはさせません！　どうかお許しください‼」

鼠獣人の少年を見ていたら、父上や長兄のために謝罪しまくっていた過去が浮かんできた。とりあえず父上を一発殴って昏倒《こんとう》させておく。ちゃっかり縄脱けしようとするな。油断も隙もないな。

「今回は、父が畑に不法侵入しようとしたせいもあるのだろう」

「ギィ！　ソイツ、ハタケノヤサイ、ヌスムシヨウトシタ！」

重たい沈黙が、場を支配した。


「……………すまなかった。よく……よぉぉく言い聞かせておく」

とりあえず鼠獣人の少年に謝罪しておいた。

「相変わらず、そちらは大変そうですね」

「ああ、何度も何度も城を抜け出し、書類仕事をしたがらないのだ」

「なら、うちのロザリンドに相談してみてはいかがですか？　以前、クリスティア騎士の脳筋が書類仕事を真面目《まじめ》にするよう、調きょ……指導していましたよ」

「本当か!?」

「今、調教って言いかけたよな？」

鼠獣人の少年は呆《あき》れた様子だが、俺にしてみればこの迷惑な父が多少なりとも矯正されるのならば、調教でも指導でもかまわない。

「我が主・ロザリンドに連絡を‼」

「え？　なんだったんだ…………まあ、貴族から罰せられなくて良かった……」

鼠獣人の少年はホッとした様子でへたりこんだ。貴族どころか王族なのだが……少年の心の平穏のために黙っておくことにした。

連絡すると、我が主は快く引き受けてくれた。

「効果があるかはわかりませんが、やってみましょうか！　題して『ジェスが過労で倒れちゃったよ！　おっさん集合！』です！」

「は？」

まったく意味がわからない。説明してもらったところ、夢で未来を見せて反省を促すらしい。その程度であの父が改心するだろうか。無理だと思ったのだが、ロザリンドはそれでクリスティア騎士団の脳筋を調教したらしい。

「では、夢を開始します！」

ロザリンドの魔法で、父上が見ている夢を俺にも見せてくれるらしい。魔法で作った鏡に、父上が映し出された。

先《ま》ず、俺が過労で病気になるところから話が始まった。ここぞとばかりに自由に遊び歩く父上。楽しそうだな、おい。屋台の食べ歩きに、狩り。楽しく遊び歩いた。誰《だれ》も探しに来ないことを不思議に思いつつ、父は何日も遊び続けた。

ロザリンドは無表情で父上を見ている。そして、指を鳴らした。

父上が城に戻ったが、誰もが慌ただしく走り回り、父上には目もくれない。

「「は……？」」

夢の中にいる父と俺の声が重なる。これはどういう状況だ？　ロザリンドに問おうとしたら、憔《しょう》悴《すい》しきったジューダス兄上が現れた。

「ジューダス、どうしたのだ？」

「ジュティエスが、死にました」

どこか呆然《ぼうぜん》として……涙を流しながらも兄上が告げた。

「「は……？」」

またしても、夢の中にいる父と俺の声が重なった。身体《からだ》が異常に丈夫なドラゴンの血も持つ俺が？　正直、病気になんてなったこともない。とすれば、毒殺か暗殺？

「体調を崩していたのに、どんなに止めても父上を探しに行くだの、滞った仕事をするだのと言って聞かず……私が、私がしっかりしていなかったから！　あの子が死んだのは私のせいだ！　私なんて、いなければよかったんだ！」

「待て、ジューダス！」

そして、兄上から溢《あふ》れ出た魔が……黒に近い混沌《こんとん》とした色が兄上を覆い尽くし、兄上ごと消えてしまった。父上一人だけが残った。

そして、魔が声だけで父上を責め立てる。

『お前のせいでジェスが過労死した。息子に押しつけ責務も果たさず、遊び歩く最低の王。お前のせいで国が滅んだ。お前が遊んでいたから、もう全部手遅れだ！　アハハ、アハハハハハハハ‼』

その後、父は一人で執務をするのだが……当然ながら捌《さば》ける量ではない。さらには側近や宰相達からネチネチと文句を言われ続ける。そして、長兄であるジェラルディン兄上も事態を重く見て手伝いに来たのだが……。

「飽きた！　休憩に一狩り行ってくる！」

兄上は走り去り、獲物を持って帰ってきた。

「飽きた！　紙飛行機でも作るか！」

兄上が書類で紙飛行機を作って飛ばした。窓の外に出たものは、慌てて補佐官が探しに行った。

「飽きた！　ちょっと依頼でも受けてくる！」

とてつもなく落ち着きがない。しかし、俺は長兄とよく似た人物を知っている。

父だ。普段の父上にそっくりだ。

「ジェラルディン、真面目《まじめ》に仕事をせぬか！」

うわあ、普段の父上に言ってやりたい。同じことを毎回毎回しているくせに。

「ぬ？　やっているぞ！」

無邪気に差し出した書類には……字は書いてあるが汚く、落書きも施されていた。

「ジェラルディン、真面目にやらぬか！」

「父上だって同じじゃないか」

どろり、と兄上の顔が溶けた。怖い。ものすごく怖い。

「ひっ⁉」

「同じゃないか、ジェス達に押しつけて、遊んでいたじゃないか。あんたのせいで、俺は呼ばれた。俺は、王家を捨てたのに」

アンタノセイダ、アンタノセイダと、ゾンビになった俺達が父上の足にすがる。

「う、うわあああああああああああああ‼」

隣室から父上の悲鳴が聞こえた。そりゃあ、叫ぶだろう。俺も怖かったわ！

「ロザリンド、悲惨すぎやしないか⁉　俺が死んだだけなのに、なんでああなる⁉」

「なりますよ。ジェスは冗談抜きでこの国の要《かなめ》ですからね。いくつかパターンを考えたけど、これがある意味一番解りやすいかなって思ったのよね。ジェスは抱え込みすぎなんだよ。たまには他の人に任せたり、頼ったりしてよね。いくら丈夫だって倒れるときは倒れるし、ジェスは体調不良でも働きかねないんだもの」

「……ああ、ありがとう。ちゃんと休むべき時は、休むよ」

主であり、友人。俺は、とてつもなく恵まれているな。

それからロザリンドは帰宅。俺は仮眠をとり、執務室へ向かう。そういえば、今朝《けさ》は騎士達の雄《お》叫《たけ》びが聞こえなかったな。首をかしげつつ執務室の扉を開けた。

父上が、仕事をしていた。

「………へ？」

扉を閉める。そして、開ける。やっぱり父上が仕事をしていた。恐る恐る近づき、書類を確認する。完璧《かんぺき》だ。側近達も父が普段と違うので明らかに戸惑っている。

もちろん、俺も盛大に戸惑っている。やはり、ロザリンド（の夢による）効果なのか⁇

「ジェス……わしが、わしが悪かった！　死なないでくれえええ‼」

「へ⁉」

父上は号泣しながら抱きついてきた。効果がありすぎたらしい。

「……父上がきちんと仕事をしてくだされば、俺の負担が減りますから、過労死せずに済むかもしれませんね」

「うむ！　働く！」

それから、父上は真面目《まじめ》に働くようになった。俺の主に対する忠誠心が上がったのは言うまでもない。今日も俺は、クリスティアの方向、我が主を拝んでいる。

あとがき

まずは、ここまでお付き合いくださった読者様、ありがとうございます。世間では色々と大変なことが起こり、外出も大変だと思います。そんな中、「悪役令嬢になんかなりません。」（通称「悪なり」）シリーズで笑っていただけたらいいなと思っております。私もお外に遊びに行きたいです。昨今はモフモフブームなのか、犬猫モルモットだけでなく、リスやカワウソなどもお触りできる場所があるそうで、行ってみたいです。モフモフ成分が足りないですね。ギブミー、モフモフ！

物語的には一歩前進し、ようやくロザリンドの敵が明らかになったように思います。無駄にたくましいロザリンドなので、今後も力技でどうにかしていくでしょう。スタンダードな悪役令嬢ものとして連載を始めた本作ですが、この辺りから他にはない悪役令嬢ものと言われるようになりました。ロザリンドではないですが、解せぬ。タイトル詐欺（笑）とよく言われますが、普通の定義は人それぞれです。あくまでもロザリンドは『普通』の公爵令嬢ですし、「悪なり」も『普通』の悪役令嬢ものなんだと思っています。それはさておき、今も昔も読者様が笑ってくださるのが私にとっては一番です。読者様が少しでも楽しい気分になってくれますように。

また六巻でお会いできる日を楽しみにしております。

カドカワBOOKS

悪役令嬢《あくやくれいじょう》になんかなりません。私《わたし》は『普通《ふつう》』の公爵令嬢《こうしやくれいじょう》です！ 5

2021年１月10日　初版発行

著者／明《めい》。
発行者／青柳昌行
発行／株式会社KADOKAWA
〒102-8177
東京都千代田区富士見2-13-3
電話／0570-002-301（ナビダイヤル）
編集／カドカワBOOKS編集部
印刷所／暁印刷
製本所／本間製本

●お問い合わせ
https://www.kadokawa.co.jp/（「お問い合わせ」へお進みください）
※内容によっては、お答えできない場合があります。
※サポートは日本国内のみとさせていただきます。
※Japanese text only

Printed in Japan
ISBN 978-4-04-073927-4 C0093

新文芸宣言

かつて「知」と「美」は特権階級の所有物でした。

15世紀、グーテンベルクが発明した活版印刷技術は、特権階級から「知」と「美」を解放し、ルネサンスや宗教改革を導きました。市民革命や産業革命も、大衆に「知」と「美」が広まらなければ起こりえませんでした。人間は、本を読むことにより、自由と平等を獲得していったのです。

21世紀、インターネット技術により、第二の「知」と「美」の解放が起こりました。一部の選ばれた才能を持つ者だけが文章や絵、映像を発表できる時代は終わり、誰もがネット上で自己表現を出来る時代がやってきました。

UGC（ユーザージェネレイテッドコンテンツ）の波は、今世界を席巻しています。UGCから生まれた小説は、一般大衆からの批評を取り込みながら内容を充実させて行きます。受け手と送り手の情報の交換によって、UGCは量的な評価を獲得し、爆発的にその数を増やしているのです。

こうしたUGCから生まれた小説群を、私たちは「新文芸」と名付けました。

新文芸は、インターネットによる新しい「知」と「美」の形です。

2015年10月10日

井上伸一郎

料理で胃袋わし掴み!?
男子高校生、異世界で
主夫生活始めます!
B's LOG COMICにて
連載中!
ビーズログコミックスより
コミックス絶賛発売中!!
漫画：不二原理夏
原作：港瀬つかさ
キャラクター原案：シソ
シリーズ好評発売中!
最強の鑑定士って誰のこと?
~満腹ごはんで異世界生活~
港瀬つかさ　イラスト／シソ
異世界転移し、鑑定系最強チートを手にした男子高校生の釘宮悠利。ひょんな事から冒険者に保護され、彼らのアジトで料理担当に。持ち前の腕と技能を使い、料理で皆の胃袋を掴みつつ異世界スローライフを突き進む!!
カドカワBOOKS